22を超えてゆけ・II

太陽の国へVer.2

6と7の架け橋

辻 麻里子 著

ナチュラルスピリット

目次

『22を超えてゆけ――宇宙図書館をめぐる大冒険』おさらい

※この本は、独立した作品になっていますので、『22を超えてゆけ』を読んでいなくても読み進むことができます。

太陽が緑の炎をあげるとき、
藍(あお)い石は語り出す、いにしえの未来を。
蒼ざめた世界に緑の炎がかかるとき、
われらは思い出す、新たな過去を。
……目醒(めざ)めよ同志たちよ。さあ、時は来た。

かつて、マヤは夢のなかで印象的な言葉を耳にした。しかし、目が醒めると夢の内容は消去され、謎の計算式が書かれた紙だけが残されていた。

第一の式は、(９＋13)＋１
第二の式は、Ｚ＝１／１３７
そして、第三の式とは、１１１１１

謎の計算式を手がかりに、人類の過去から未来に渡る、すべての記憶を記しているという「宇宙図書館」へと旅立つマヤ。現在、過去、未来の時間軸と空間軸が交差しあい、いくつもの次元が重なったなかを、難問をクリアーしながら「太陽の国」へと向かってゆく。

第三の式は、(11＋11)＋1に変換され、そして、Z＝1／137という式は、太陽の国の扉を開ける鍵になるというのだが……。

「……地底から青い龍があらわれ、天にむかい、
天空から黄金の龍があらわれ、地上へとむかう。
光と闇の力を束ねることができる者のみが、
新たな道をみつけることができるだろう。
ライオンの知恵とライオンの勇気を持つ者のみが、
光の道を歩み続けることができるだろう。
二つの力が等しくなったとき、太陽の国への扉が開かれる。
そのとき目醒めている者のみが、太陽の国へと、
自らの足で歩み入ることができるのだ……」

風のなかからキプロスの賢者の声が聞こえ、太陽の国へのプログラムが作動しはじめた。

第1章　旅立ちの時

どれくらい眠っていたのだろうか……？

静まり返った闇のなかから、かすかに水の流れる音がする。
耳を澄ませば、星のささやきと、
水面（みなも）を渡る風の音が聴こえていた。
吹き抜ける風は、消え残る炎をゆらし、
それはまるで、遠い記憶の彼方から光が射しこみ、
眠っていた意識を目醒めさせようとしているかのようだった。

『……マヤ、……マヤ、……マヤ』
よせては返す波のように、誰かが呼ぶ声がする。

うとうとと夢の浅瀬を漂っていたが、かつてどこかで聞いたことがある懐かしい響きにつつまれ、再び意識が浮上しはじめた。まどろむ意識のなか、自分の額に手を当ててみると、そこには、かすかなぬくもりが残っている。たしかに、誰かが呼んでいたような気がしたが、あの声はどこへ消えてしまったのだろうか。なにかを探すように、あたりを見渡したが、そこは見慣れた部屋のなかの、いつもと変わらない朝を迎えていた。

「なんだ、夢か……」うわごとのように、マヤはつぶやいた。

薄明かりの射し込む窓に背をむけて、再び深い眠りに戻ろうとしたその瞬間に、視界の端になにかが映り、思わず虚空を凝視する。そこには、光で描かれた文字が浮かびあがっているではないか。壁に映った文字は、燃え盛る炎のようにゆらめき、勝ち誇った表情を浮かべている。鉛の塊を飲み込んだようなこの重圧感は、理性では消化できないものを受け取ってしまったことを告げているのだろうか。これから起きることが、どんなに厄介なことか、マヤにはわかっていた。それは、紛れもなく、壁に描かれた奇妙な文字を、誰かが読ませようとしているのだ。

「……こんなの読めない。もっと、わかりやすい文字にして！」

壁に向かって怒りをぶつけると、炎のようにゆらめいていた文字が、ピタリと静止した。

「もっと」……壁の文字は、黄金に輝く幾何学模様になった。

「もっと」……再び文字が変わり、古代エジプトの象形文字(ヒエログリフ)になる。

「もっと！」……そして、数字と記号だけになると、朝日のなかに消え去る星のように、急速に光を失ってゆく。一つひとつ目で追って、ノートに書き写している暇はない。瞳孔を全開にして、カメラのシャッターを押すように、壁の文字を脳裏に刻みこもうとすると、どこからともなく一枚の光の羽根が舞い降り、すべての文字を消し去ってゆく。そして、文字は音もなく壁のなかに吸い込まれていった。

「あぁ……」マヤは深い深いため息をつく。

どこの誰かは知らないけれど、もう少しわかりやすい通信手段を使ってもらえないだろうか。

しばらく、呆然とした表情でマヤは壁を見つめていた。脳裏に映った、かすかな残像を頼りに、炎のようにゆらめいていた火焔(かえん)文字のゆくえをたどり、どうにか解読できたものは、断片的な言葉と記号。そして、見覚えのある数字だけ……。

エリア#6と7の間を修復せよ

朽ちることのない杖

封印された7つの珠

すべてを映しだす透明な鏡

☆ ✡
（11＋11）＋1
Z＝1／137

エリア＃6と7の間を修復せよ、という言葉の意味だけは、マヤにはすぐに理解できた。これは、過去から未来に渡るすべての記憶を記しているという、「宇宙図書館」の、ある領域のことを指しているのだろう。現に、宇宙図書館のエリア＃6とエリア＃7の間が廃虚になっているので、そこを修復しろということに違いない。エリア＃6と7の間を修復するには、地下に降りて行かなければ駄目なんだろう……しかし、なぜ、その間が廃虚になったのか、どうして自分がそんなことをやらなければいけないのか、マヤには見当もつかなかった。

暗黒の地下世界に棲息しているという、伝説の龍を想像しただけで、マヤは憂鬱（ゆううつ）な気持ちになるのだった。

朽（く）ちることのない杖（つえ）……封印された7つの珠（たま）……すべてを映しだす透明な鏡……という言葉のなかに、廃虚を修復するための、ツールがあるとでもいうのだろうか。そして、見覚えのある計算式の出現は、長いあいだ棚あげにしていたことを、いよいよはじめなければならないことを告げていた。それはまるで、もやもやと心の底に引っかかっていたものが、ついに3次元の現象として目の前に提示されたようだった。

大切なことは、繰り返し繰り返し夢にあらわれる。その答えが解けるまで、何度でも同じ夢を見ることになり、それでも夢のメッセージが解読できない場合は、いろいろな角度から同じことを見せられるのだ。

……ついに時が来た。もう後はない。

心の深淵（しんえん）から誰かのささやきが聞こえたような気がした。

いくらその声を無視しようとしても、鳴り響く鐘のように、いつまでもその余韻が残っている。

マヤは途方に暮れながらも、宇宙図書館の掲示板に、メッセージを書き込むことにした。それはまるで、無人島に漂着した人が、「ＳＯＳ」と書いた手紙を小ビンに入れて、海に流すような想いで、メッセージをしたためる。

「ゼロポイント・プロジェクト参加希望者は連絡ください」と。

ゼロポイント・プロジェクト
参加希望者は連絡ください

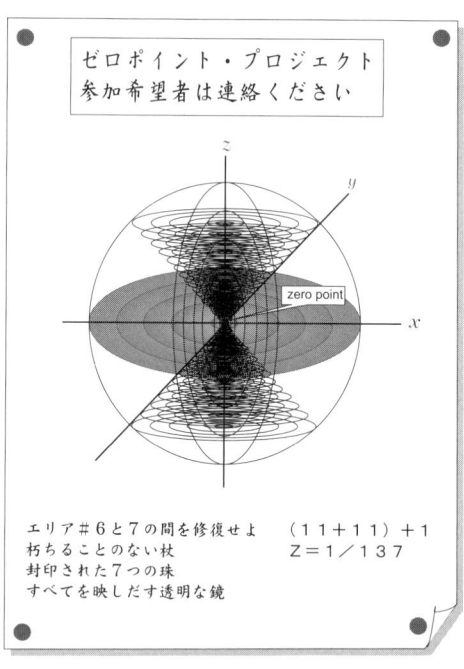

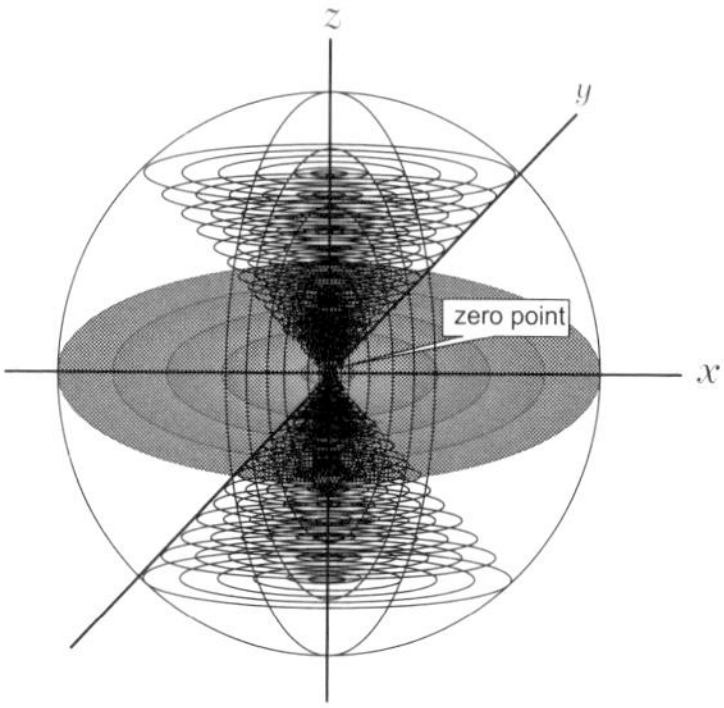

エリア＃６と７の間を修復せよ
朽ちることのない杖
封印された７つの珠
すべてを映しだす透明な鏡

（１１＋１１）＋１
Ｚ＝１／１３７

《ゼロポイント・プロジェクト》

それは、電車の窓から、ぼんやりと外の景色を眺めていた、ある昼さがりのことだった。流れる景色を目で追っているうちに、自分が電車に乗って移動しているのではなく、まわりの景色が移動しているような奇妙な感覚にマヤは陥っていた。もしかしたら、人間の一生も、変化する景色を自分の席にすわって眺(なが)めているだけなのかもしれない。ただ、まわりが流れてゆくだけで、自分は一歩たりとも移動していないのではないか、と思えてくるのだった。

たとえば、巡(めぐ)る星座や、沈む夕日を見て、地球の方が動いていると心の底から実感することは難しい。その反対に、自分の「ある部分」は常に静止していて、まわりの景色が流れているのを見ているだけなのだと、いつの日にか証明されるかもしれない。

決して動かない「ある部分」とは、自分の心の中心にあり、何度生まれ変わっても持ち運んでいるもの。それが、宇宙の中心から真っすぐに伸びて、ハートの領域につながっている「ゼロポイント」の正体なのだろう。そんなことを延々と考えていると、どこからともなく、誰かのささやきが、心のなかに響いた。

……それは、宇宙軸というのよ。

とっさに正面に座っている人に目を移すと、その人はマヤに向かってニッコリと微笑んでいる。どこかで会ったことがあるような気がするが、誰だろう？

風のなかには、ほのかにユリの花の香りが漂っていた。その清楚な香りを頼りに、記憶の底を検索してみたが、その人は誰なのか、どうしても思い出すことができない。年はマヤと同じくらいだろうか。学校の友達でもなさそうだが……でも、たしかに、どこかで会っている。深淵に眠っていた、忘れかけた記憶をたぐりよせているうちに、ふいに彼女の過去世らしき記憶にアクセスしてしまう。

その人は、古代のエジプト時代の同僚であり、そして、ルネッサンス時代に同じ工房で働いていた、貧乏な絵描き仲間のようだった。

……そうよ、正解。あなたとはエジプトと、イタリアで一緒だったわね。

その人は、突然、マヤの額に向かって、言葉を発信してくる。目には見えない強い力で押されているような感じがして、思わずマヤは後ろにのけぞってしまう。

……エッ、エスパーだ！　マヤは心のなかでそう叫んだ。

……別に驚くことじゃないでしょ。あなただって普通に使っているじゃない。

……それは、そうですが。詳しくお話を聞かせてもらってもいいですか？

……いいわよ。でも周りの人に迷惑をかけるといけないから、次の駅で降りましょう。

まもなく電車の扉が開くと、前の席に座っていた女性は、何事もなかったかのように平然と降りてゆく。単なる気のせいかもしれないと思いつつも、雑踏のなかに消え去る彼女の後ろ姿を追いかけた。

「ゼロポイント・プロジェクトってなに？　随分ベタな名前ね」

彼女は振りむいて、そう言った。


その女性の名前は、ユリ。彼女は今回の人生でも絵を描いているという。

ルネッサンス時代に、彼女が描いたフレスコ画の「藍色」をマヤは懐かしく思い出していた。

その人は、青い色は冷たく淋しい色だと思っていたマヤに、青のあたたかさを教えてくれた人だった。マヤにはよくわからない分野だけれど、いわゆる「オーラが輝いて綺麗」とか、そんな感じがした。

「色に綺麗も汚いもないの。あの人のオーラは綺麗とか汚いとか、それは違うと思う。本当はどの色も美しく、どの色もたくさんの意味を持っているのよ。

オーラに関していえば、同じ赤い色であっても、それをどの層で観るかによって、その意味は全然違うの。身体に近い層に見える赤は、痛みかもしれないし、感情の層の赤は、怒りや情熱かもしれない。研ぎ澄まされた赤は、理論的に考えるようなリーダーシップのあらわれでもあって、もっと上の層に行けば、力強い宇宙的な愛のようなものをあらわしている場合もあるの」

と、ユリは言う。

「ルネッサンス時代にあなたが描いた青には、ぬくもりやあたたかさを感じたけれど、あの青には微妙にマゼンタが入っていましたよね……」

マヤはユリの背後に流れる映像を見ながら、ルネッサンス時代のことを懐かしく思い出すのだった。

マゼンタとは……イタリア北部の街の名前で、1860年頃に創り出された染料につけられた名称だが、ルネッサンス時代のユリは、すでにこの色を青のなかに使っていたようだった。マゼンタは赤と紫を混ぜた赤紫ではなく、もっと純粋で透明な輝きを放つ色なのだ。その透明感は、洗練された火のエネルギーと、微細な水のエッセンスを統合したような、光の世界から来ているのだろう。いわば、マゼンタという色は、3次元から次の次元へと移行する際の色で、二つの次元をつなぎ、新たな世界へと踏み出すための、ある種の「角度」を持った色なのだ。マゼンタは燃える炎のような赤を限りなく純粋にして、そこに澄んだ水のような透き通った青を含ませる。火と水の調和であるその色は、そこに慈悲というものがない限り、この3次元には存在できず、マゼンタとは、火と水が一つになった神々しい色なのだろう。

「まあ、そんなところかもね。あのロイヤルブルーには、黒い色が入っているから純粋さに欠ける、という人もいたけれど、黒という色だって美しいのよ。

そして、青には『人間的な青』と、『非人間的な青』があるの。色を人間的と非人間的に区別するのは、わたしくらいなものでしょうから、現在の色彩の教科書には載っていないけれど。人間的な色っていうのは、太陽の光が入っていて、生命の息吹を感じさせるものなのよ。非人間的な青は、宇宙に直接通じる色で、数字や形、それにデジタル的な要素があるけれど、両方があって世界は深く拡がってゆくものなのよ」

「なるほど。『人間的な青』と『非人間的な青』という分類方法は、わかりやすくていいですね」

マヤがその言葉に感心していると、ユリはマヤの瞳の奥をじっと見つめてこう言った。

「……まさか、あなた今、絵を描いていないの？　ゼロポイント・プロジェクトって、なに？」

ああ、やっと色彩言語を共有できる人に逢えたと思い、マヤは悦びを隠せなかったが、それにしても、なにかがおかしい……。宇宙図書館に足しげく通って、過去世で関わりのあった人を検索したはずなのに、なぜ、ユリのデータは引っかからなかったのだろうか？

まあ、自分の検索技術に問題があるのだろうと思い、その時のマヤはそれ以上、気にもとめなかった。

「ゼロポイント・プロジェクトは、ゼロポイント・フィールドと呼ばれているゼロの領域で、なにが起きるのか研究しています」

「あら、そうお？」と、ユリ。

「ゼロとはなにもないという意味ではなく、すべてのものを含んでいます。ハートの中心にゼロポイントを創りだし、宇宙図書館という、人類の過去から未来にわたる記憶が記されているフィールドにアクセスしながら、さまざまな時空を検索するのです。

主にθ(シータ)波と呼ばれる脳波と同じ状態を創り、検索してゆくのですが、わたしがやっていることは、ある意味で『夢の調査』とも言えるでしょう。人類が新たな大陸を発見することは至難の技ですが、夢の領域を探ることは、海底に沈んだ大陸を見つけるようなことであり、意識の拡大につながるかもしれません」

ユリの瞳には懐疑的な色が浮かんでいた。絵を描いているかどうか聞きたいだけで、おそらく夢の調査には興味がないのだろう。マヤは仕方なく、絵についての記憶を語りはじめた。

「それに、今回の人生で、わたしは絵を描いていません。小学生の頃、湖に映る木々と雲の絵を描いて、褒められたことがありますが、なぜか、その絵は上下が逆に貼られていて……。まわりの人に上手いと言われれば言われるほど、複雑な気持ちになりました。

その絵は、自分の一番古い記憶をたどって描いたもので……と言っても今生のわたしは湖のほとりで生まれたわけではないのですが……何度も何度も繰り返し夢に見る風景であり、いうなれば、心の原風景を描いたのでしょう。でも、それは、鏡のような湖に映った雲の絵であって、空に浮いている雲を描いたわけではなかったんです。それ以来、絵は……」

「天地が、逆さまなんて、意味深ね」ユリは謎めいた微笑みをたたえていた。

「でも、それで、それっきり、絵はやめてしまったというの？ 今のわたしたちには、いくらだって、好きな絵が描けるじゃない」

二人の脳裏には、パンの切れ端をかじりながら、寝る間も惜しみ、ただひたすら絵を描いていたルネッサンス時代のことが、走馬灯のように駆けめぐっていた。ユリと一緒にいると、過去世の記憶が共鳴を起こし、一人でいる時よりも、リアルな感覚となってあらわれるのだった。

「ねえマヤ、忘れたの？　あなたがルネッサンス時代に描いた天使の絵は、本当の天使を観て描いたんじゃないかって、みんなのウワサになっていたほど、その本質をとらえていたわよ。わたしは、あの絵が好きだったな……」

「……あの天使の絵は、本物の天使を描いてはいません。ルネッサンス時代に、わたしが描いた天使は、人間の目から見た天使の姿です」

宇宙図書館で「天使」という項目を検索する限り、純粋な天使という存在は、人の形ではなく、光からできた幾何学的なパターンであらわされるものなのだ。そして、その幾何学的なパターンすら、「あるもの」が落とす影にすぎないとマヤは思っていた。

「今のあなたの価値観では、あの天使の絵を受けいれられないのかもしれないけれど、その時代の価値観のなかでは、あなたは精一杯それを表現したまでだわ。たとえあの天使の絵や、あなたが想い描く幾何学的なパターンが影絵のようなものだとしても、その形を通して流れ込んで来るエッセンスを、あなたは描きたかったのでしょ？」と、ユリは言う。

「まあ、それはそうかもしれませんが……」

今、目の前で起きている現実に比べたら、過去に描いた抜け殻のような絵のことなど、マヤには色褪せて見える。そんな話題よりも、宇宙図書館の掲示板に書き込んだ「ＳＯＳ」のメッセージを、ユリはどうやって読んだのか興味がわいてきた。

「……それよりも、ユリさん。あなたはどうやって、わたしのメッセージにアクセスしたのですか？」

「夢のなかで、あなたのメッセージを読んだわ。インターネット以外にも、もっと簡単なネットワークがこの宇宙にはあるのにねえ……」

たしかに宇宙のネットワークは光より早く進むので、距離も時間もまったく関係ないのだ。

「それならユリさんも、ゼロポイント・プロジェクトに入りませんか？」

マヤは真顔で勧誘をはじめた。

「ごめんなさいね。わたしは組織とか、団体行動は苦手なのよ。わかるでしょう、わたしの過去世をみれば。それに、この惑星には三回と半分しか生きたことがないから、ハッキリ言って地球は不慣れなのよね」と、はにかむようにユリは笑った。

「大丈夫です。ゼロポイント・プロジェクトのメンバーは、今のところわたし一人ですから」

こうして、ユリとマヤの奇妙な交流がはじまった。

ユリの得意なことは微細な色を見分けること。いわば「光の言語」の解読だった。そういうマヤも、幼い頃には、オーラと呼ばれている、肉体をつつみこむ微細な色彩が見えていたようで、それはマヤが幼い頃に描いていた絵を観察すれば一目瞭然だった。人でも犬でも木でも、ありとあらゆるものを虹色に輝くシャボン玉のなかに描いていたのだ。

人の感情の動きや魂の色が見えるのが当たり前だったマヤが、突然、色が見えなくなったのには、それなりの訳があった。それはハッキリとわかりやすい出来事だったので、今でも決して忘れることができない。戦争を写したモノクロの写真……戦火に倒れる人間の死骸……を見た瞬間に、流れるように動き続けていた色彩が静止したのだ。

無残な人間の姿を写し出した写真に目が釘づけになり、幼い頃のマヤは、あまりの恐怖に息もできずに立ちすくんでいた。すべてのものは内側から輝きを放ち、色彩は風にそよぐカーテンのように流動的に動いていたのに……あまりのショックに、一瞬にして、すべてが凍りつき、まったく色彩が動かなくなってしまったのだ。

今になって振り返ってみれば、戦争の写真を目撃したその日が、「幼年期」の終わりだったのだろう。そして、外側の世界と内側の世界が呼応するように、マヤの内側の世界も色彩を失い、その瞬間から心が凍りついてしまったのかもしれない。夢のなかの色はオーラが見えていた頃と同じように輝いていたが、目が醒めると流れる色は凍りつき、この3次元では彩りを混ぜれば混ぜるほど、その色彩の純粋性は失われ、くすんだ色になってゆく。

今ではオーラと呼ばれるものは、視界の端のほうにチラッと見えるだけで、その色彩をこの手につかもうとすると、霧のように消え去ってゆく。あとはせいぜい、オーラの音が遠くでかすかに聴こえるだけになってしまった。

そう。目を瞑(つむ)って耳を澄ませば、オーラというものは、音として聴こえてくるのだった。音階には固有の色がついていて、オーラフィールドにフォーカスすると、その音色が響き渡っているのだ。それは人間のオーラだけではなく、植物でも、石でも、夜空に輝く星も、すべては音につつまれていて、耳を澄ませば、惑星はハーモニーを刻み、宇宙は壮大なシンフォニーを奏でている。オーラの音を聴けば、人間だけが偉いのではなく、この宇宙に存在するすべてのものが、同じ音と光からできていることが手に取るようにわかるだろう。

そして、モノクロの戦争写真を目撃したその日から、失った色彩を取り戻すために、幼い頃のマヤは花々を集めては、色水を作って遊んでいた。葉のうえに結んだ朝露を小ビンに入れて、露草(つゆくさ)や桔梗(ききょう)や、鳳仙花(ほうせんか)の花びらを集めては、透明なガラスビンにつめて、「戦争をやめるクスリ」「人を殺さないクスリ」「武器を作らないクスリ」……などとラベルに書いて、裏庭で色水を作ったものだ。もしも、その頃にユリと出会っていたら、もっと楽しく色水を作れただろうにと、その数100本以上もあった色水と、ラベルに込めた願いを、マヤは懐かしく思い出すのだった。
これはなにも、ユリや幼い頃のマヤが特別なのではなく、人はみな生まれながらにすべての色彩を持っているが、成長過程で受ける恐怖や悲しみや分離感によって、本来持っていたものを固く閉ざしてしまうのだろう。子どもには見えるけれど、大人になると見えなくなってしまうものがある。たった一枚の写真によって、心が凍りつき、微細な色彩が見えなくなってしまうほど、幼い心は傷つきやすく、そして壊れやすいものなのだ。

「ねえ、マヤ……、オーラを観るなんて、簡単なことよ。頭がビヨーンと後ろに伸びてゆくようにイメージをして、その後の方から色を観ればいいだけなのよ」

「そうか！　案外、簡単そうですね」

通常の目の焦点を後ろにずらし、自分の後頭部が後ろに伸びて楕円形になっている頭を想像してみた。脳は硬い頭蓋骨のなかにあるように見えるが、頭蓋骨に限定されることなく、水の入った風船のように自在に伸びてゆく。
この惑星から戦争がなくなったら、再びオーラが見えるようになると、固く信じていたマヤだが、この様子だと戦争がなくなる前に、オーラが見えるようになる予感がした。

「それ、反対にしたら？　戦争がなくなったらオーラが見えるようになるのではなくて、オーラが見えるようになったら戦争が終わる、というのはどうお？」と、ユリは言った。

なるほど、それは悪くないアイデアなので、そのプログラムを採用することにしよう。

誰もがオーラを観ることができるようになれば、感情が色になって見えるので、隠し事などできず、相手に対する疑いや不信感、そして不安などなくなるに違いない。一人ひとりが異なる光を放ちながらも、多様性に満ちた一体感を味わうことができたら、この星の人々も戦いをやめることだろう。

ユリの存在は、広大な宇宙空間でみつけた、水の惑星のようだった。漆黒の闇に一人取り残されたような思いを潤し、自分だけの凝り固まった世界から、別の次元へと連れて行ってくれる。いつしかユリは、「光の言語」の解読者であり、そして、マヤが観る夢の、良き理解者になっていた。

《宇宙図書館へ》

「……いよいよ旅立ちの時が来たわね」と、ユリは感慨深そうに言った。

「壁に浮かびあがった文字を宇宙図書館に行って確かめてくればいいわ。宇宙図書館には、あなたに必要なものはすべてある。個人的なもののなかにも、全人類の記憶にアクセスするルートが隠れているの。人類の集合意識を浄化する時が来たのね」

人類の集合意識を浄化するなんて、自分には全然関係のないことだとマヤは思っていた。それとも、エリア#6と7の間を修復することと、人類の集合意識を浄化することは、なにか関連があるのだろうか。

「ねえマヤ。あなたには、それなりの理由がいるんでしょ。個人的な目的で宇宙図書館にアクセスしても、9歳の子どもの言語能力しか保てないというのなら、人類の集合意識を浄化するという大義名分を掲げてみるのもいいかもしれないわね」

そう。ユリの言う通りなのだ。マヤは個人的な欲求を満たすために、宇宙図書館にアクセスすると、いつも子どもじみた、9歳の言語能力しか保てなくなってしまうのだった。宇宙図書館の本には、「9歳未満取扱注意」、「23歳未満取扱注意」など、細かい年齢制限がかけられていて、子どもじみた動機で宇宙図書館にアクセスすると、子どもの本しか読めないシステムになっている。過去の経験からいえば、高い目的を持って宇宙図書館にアクセスすると、年齢制限を回避して大抵の本は閲覧できるのだった。

「ここでことを先延ばしにしても、必ず同じパターンのものがやって来るわ。キーポイントはこの図形よ」

ユリは走り書きされたメモを広げ、五芒星(ごぼうせい)と六芒星(ろくぼうせい)の図形を指さした。

「この二つの図形は、あなたの旅のゆくえを暗示している……あなたの左脳的な考えでは、『エリア#6と7の間を修復せよ』というコマンドに注目するでしょう。次に、朽ちない杖、7つの珠、透明な鏡を探そうとする。そして、この見覚えのある式の意味を知ろうとするでしょう。でもよく見て、この図形を。これからあなたは、火と水の旅をするということよ」

「火と水の旅……?」

「火は水に映った自分の姿を見て、本当の自分自身を知る。そして、水は火に照らされて自らの正体を明らかにされる。火と水は共存できるのかしら? これこそ、火と水が織り成す光のファンタジーよ。火は水に恋こがれ、水は火によって渇きを知る。火は己が身を焦がし、水はとめどなく愛をそそぐ。そして、火は水に抱かれ息たえる。ロマンチックでしょ?」

「火と水が織り成す、光のファンタジーですか……」

マヤは、あからさまに困惑の表情を浮かべた。ロマンチックな話というのは、自分にとってまったく縁のない、もっとも苦手な分野だと思っていた。なぜ、宇宙というのは、こうも自分が苦手としているものばかり、目の前に差し出してくるのだろうか。「天使を図形で見る女」なんて、現在の地球の価値観からすれば、到底受けいれられるものではなかった。たとえそれが、もっとも純粋なかたちで、天使的な光を地上に降ろすものであったとしても……。

今にも逃げ出したい気持ちを抑えて、マヤは宇宙図書館にアクセスする決意をした。

途中で誰にも邪魔をされないように、「只今、読書中。入室禁止！」と書いて、自分の部屋のドアに貼り紙をした。ついでに五芒星と六芒星も描いておこう。間違えて誰かが部屋に乱入してこないように、真っ赤なオーラでドアを封印しておくことも忘れない。この燃え盛る炎のような赤は、外からの侵入を阻み、内側の世界を安全に保護してくれるのだから。

宇宙図書館のゲートには、「汝（なんじ）自身を知れ」「汝自身で在（あ）れ」という言葉が書かれているので、この言葉を心に刻み込んでおこう。しかし、わざわざ正面入口から入らなくても、慣れてくればショートカットが許されているようだった。そのショートカットとは、ある特定の図形や数字を次元の扉として用いる方法で、簡単に言えば時空にゲートを創り、その波動領域にアクセスするのである。その図形や数字は、「アクセスコード」と呼ばれているが、なぜ図形や数字が使われているかといえば、これらがもっとも簡単でわかりやすく、周りの状況に左右されずに焦点をあわせられるからだ。宇宙図書館のアクセスコードは、時を超え、場所を超え、世間の常識や価値観を超えても、使えるものがふさわしい。図形や数字以外にも、音階や色彩そして香りもコード化できるのである。

かつてのマヤは、宇宙図書館にアクセスするために、心臓の鼓動をキッカリ「72」数え、「∞」(インフィニティ)を描くなどの儀式を行っていたが、今ではそんな面倒な手続きを踏まなくても、いつでもどこでもアクセス出来るようになっていた。以前は、アヌビスという名前の高貴な黒い動物や、進化した未来の自分がガイドになって、宇宙図書館内の移動方法、そして検索の仕方などを親切丁寧に教えてくれたが、現在、採用している方法は、座標軸を設定し、手の平や壁に渦をイメージして、宇宙図書館へのゲートを開けている。慣れてくるにしたがい、ガイドはマヤの前にめったにあらわれなくなっていた。

宇宙図書館の入口へと至る33段の階段を昇り、「汝自身を知れ」「汝自身で在れ」という言葉を仰ぎ見なくても、簡略化した方法で宇宙図書館にアクセスできるようになったのは、マヤの技術が向上したからではなく、地球全体の「意識」の波動があがったからだと言われている。今までは一握りの聖者にしか到達できなかった領域へと、地球ごと向かっているのが一つの要因だが、集合意識を観察すると、多くの人が通った道を、あとから歩むのは、たやすいということがわかる。

マヤは部屋の北側の壁に向かい、ゆっくりと座った。
手元には紙とペンを用意して、図形と数字を書き込み「座標軸」を設定しよう。ここで言う座標軸とは、時間軸と空間軸を設定し、それを明確な「意図」で囲むことである。座標軸を図形で表現すれば、同心円のなかに十字が書き込まれているのだが、この設定さえ間違えなければ、宇宙図書館の各エリアに、一ミリの狂いもなく着地できるのだ。ただし、エリア＃６と７の間は古戦場のような廃虚になっているので、こんなところに好きこのんで近寄る物好きは、マヤ以外には誰もいないだろう。

実は宇宙図書館において、数字と数字の透き間に入るという行為は、結構、厄介なことなのだ。なぜなら、そこは座標軸の設定が曖昧（あいまい）な流動的な世界で、社会の常識や左脳的な価値観が通用しない領域なのだから……。

大きく息を吸って、マヤは心のなかにあるゼロポイントを探している。心を一点に集中した瞬間に、自分の肉体と、肉体のまわりをとりまくすべてのフィールドが、ハートの中心で「∞」（インフィニティ）を描き、球体になってゆく。その時、ハートの真ん中で、すべての層がセンタリングされ、「カチッ」と、はまる音がした。そして、マヤは光の珠となって、渦の中心めがけて飛び込んで行った。

宇宙図書館

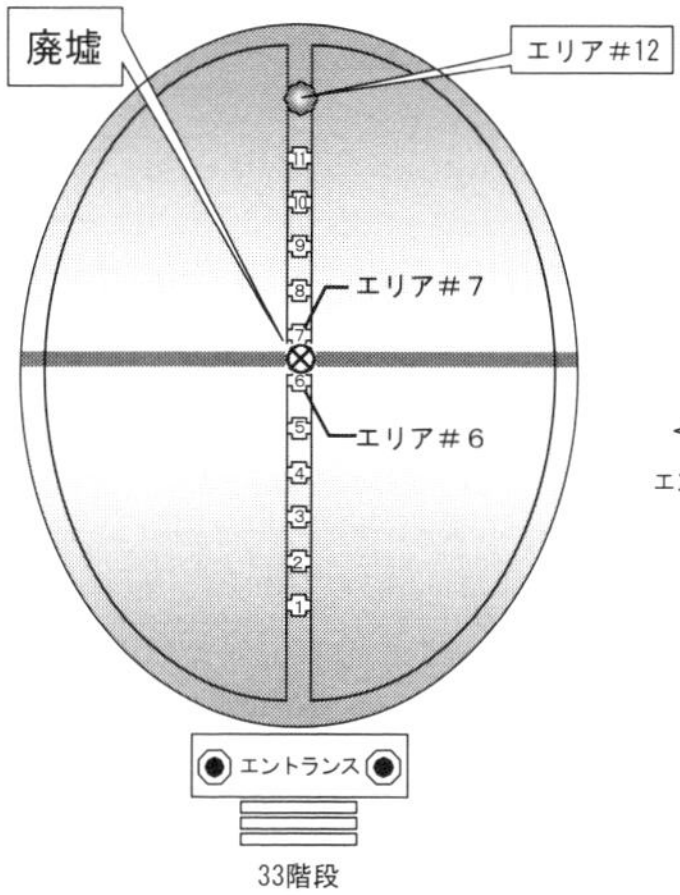

［平面図］

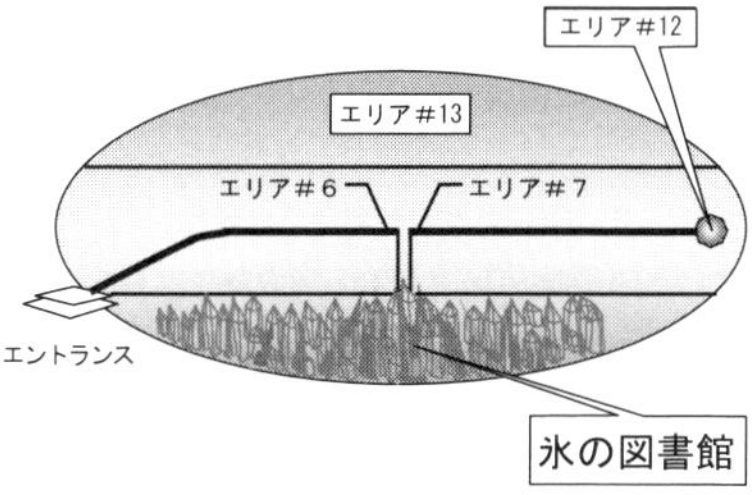

［断面図］

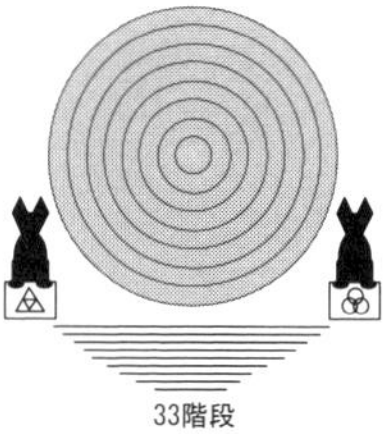

［エントランス(出入口)］

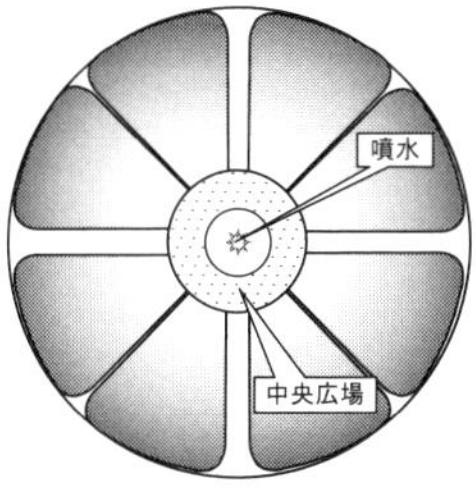

［エリア詳細図］

第2章　水の旅

《砂漠の井戸》

地平線の彼方から吹き抜ける風は、細かい砂を巻きあげて、幾重にも砂紋を刻みながら流れてゆく。

カラカラに乾いた大地には、生命の痕跡すらなく、見渡す限りの荒涼とした景色が拡がっていた。


「もっと、ゆるやかな方法はないのか」

身体についた砂を払いながらマヤは文句を言っていたが、自分の肉体も意識体も、そして年相応の言語能力も、すべてが無事に宇宙図書館に着地できたことに感謝しよう。

マヤは肉体を持って宇宙図書館にいるが、それと同時に、もう一つの肉体は自分の部屋のなかにいるのだった。二つの場所に同時に存在できるのだが、ただ一つ違うことは、宇宙図書館に赴いた肉体は振動数が高く、微細な光からできていることだろう。違う場所に同時に存在する肉体は、「平行宇宙に存在している自分の分身」という表現が的を射ているのかもしれないが、意識体だけではなく、肉体感覚を持ったまま宇宙図書館に存在できるのである。

もっとも、伝説の聖者は複数の場所に同時に肉体を存在させ、それぞれが、普段通りに行動したと言われているが、マヤは聖者でもなんでもない、ごくごく普通の人間なので、もう一つの肉体は、おとなしく部屋のなかに閉じ込めておいて、誰にも会わないようにしている。

この図書館では、アクセスコードの設定が正確に行われれば、行きたいところに瞬時に移動できるが、それはまるで、夢のなかで夢を観ていることに気がつけば、一瞬のうちに好きな場所へと行くことができる、という現象にも似ている。宇宙図書館へのアクセス法は、意識的に「夢見(ゆめみ)の状態」を作ることといえるだろう。宇宙図書館での移動は、自分が場所を移動しているというよりは、まわりの景色が自分のいるところに移動してくると言った方が正解かもしれない。観察者の視点に立って見ると、自分の肉体は動かずに、まわりの景色が動いているような感覚をおぼえるのだった。本当の肉体は今、部屋のなかで座っていることを考慮すれば、自分という母体がいて、そこから分身のようにその一部が分かれ、その分身がいろいろなところに飛びまわり、さまざまな経験をする。それを母体に持ち帰り、母体はすべての分身の経験を知っているというのが、この宇宙の実態なのかもしれない。

そして、宇宙図書館を上空から俯瞰してみると、「太陽系モデル」になっていて、それぞれのエリアは、太陽系の12の惑星に対応しているという。宇宙図書館のデータを追跡調査する限り、かつては、エリア＃6と7の間に、もう一つ惑星があったようだが、6と7の間を直角に走る軌道の星がその惑星に衝突して、エリア＃6と7の間は廃墟になっているのだという。その出来事が起きて以来、わたしたちが住む太陽系の流れは、二つに分断され、他の太陽系と比べて著しく「循環」に問題が生じているらしい。

色で喩えると、エリア＃1から6は青味がかった銀色の光につつまれ、エリア＃7から12は黄金に輝いているが、エリア＃6と7の間は、草木が一本もはえていない荒涼とした砂漠地帯となっている。どうやら、その影響を多大に受けて、地球人類の意識や感情は「分離」や「二極性」というものを味わっているらしい。

一方、視点を変えて、この宇宙図書館を真横から観察してい見ると、大きく分けて、上・中・下の三つのゾーンに分類することができる。真ん中の層にあたる、エリア＃1から12までと、上の層のエリア＃13にはアクセスできるが、一番下の層には、いまだかつてマヤは行ったことがなかった。

宇宙図書館は脳の構造のようになっているので、一番下の地下世界には、生命の生存欲を司るハチュウルイの脳が眠っているのではないか、とマヤは直感的にそう思っていた。なぜならエリア＃6と7の間で意識を保てなくなると、伝説の龍があらわれ、宇宙図書館で検索した情報を全部食べてしまうという。そして龍に記憶を食べられてしまうと、寝ぼけたまま目覚めることになり、検索した内容は消去されてしまうのだ。この現象は、極端な知性に走り発狂をする前に、生存欲を司るハチュウルイの脳が、安全弁の働きをすると思われるが、その科学的な根拠はまったくない。この龍を手なずけない限り、「太陽の国」へは行かれないというのだが、その言葉の意味がマヤにはよくわからなかった。

突然、マヤは砂漠のうえで寝たふりをした。

ここで気を失っていれば、伝説の龍が記憶を食べにやってくるかもしれない。自分を撒(ま)き餌(え)にして、伝説の龍をおびきだし、まんまと龍を生け捕りにして地下世界へと案内してもらい、あわよくば太陽の国へと連れて行ってもらおうという魂胆だった。

『……地底から青い龍があらわれ、天に向かい、天空から黄金の龍があらわれ、地上へと向かう。光と闇の力を束ねることができる者のみが、新たな道を見つけることができるだろう……二つの力が等しくなったとき、太陽の国への扉が開かれる。そのとき目醒めている者のみが、太陽の国へと、自らの足で歩み入ることができるのだ』と、かつてキプロスの過去世で出会った賢者の言葉を、心のなかで繰り返していた。

それにしても、龍とはどんな生き物なのだろうか。龍は空を飛べるのか、水のなかを泳げるのか、それとも地を這うのだろうか。青い龍と黄金の龍、この二匹の龍の正体とは一体なんなのだろうか……？

龍とは実在する動物なのか、はたまた、空想の産物なのか……青い龍と黄金の龍が太陽のまわりをまわっている光景を思いうかべてみると、それは、かつて夢で見たことのあるような色彩になり、青と黄色が織り成す緑の世界は、この世のものとは思えないほど平穏な光につつまれていた。

いずれにしても、龍は太陽の国への扉を開ける鍵を握っているに違いないと、とらぬタヌキの皮算用をしていたが、いくら高イビキをかいて寝たふりをしても、一向に龍はあらわれる気配がなかった。長いあいだ砂漠に寝転んでいると、口のなかに砂が入り込み、身体がだんだんと砂に埋もれてゆく……。

とうとうマヤは我慢できずに起きあがり、口のなかに入った砂を吐き出した。伝説の龍は、撒き餌がタヌキ寝入りしているということを察知したに違いない。

仕方がないので作戦を変更して、荒涼とした砂漠のなかにある、廃虚となった井戸へと向かうことにした。砂に足をとられながらも、おぼつかない足取りで、マヤは砂漠の井戸を目指して歩いてゆく。

宇宙図書館のエリア＃1から12までの各エリアの中心には、広場と水が湧き出す泉があり、その泉を中心にして12個の丸い石がサークル状に置かれている。エリアごとに、石の色と水の音が違い、上空からは色とりどりのオーロラが舞い降り、それぞれのエリアは特有の雰囲気を醸し出しているのだった。しかし、エリア＃６と７の間には、かつて水場があったような痕跡はあるものの、古戦場のように廃虚になっている。

そこには、草木が一本もなく、砂に埋もれかけた古い井戸のようなものがあるだけで、チリチリと皮膚を焦がすような乾いた風が吹き荒れている。あたりをうろついてみたが、石が無造作に転がっているだけで、生命の痕跡すら見えない。座標軸を設定して、地下世界に降りてみようと試みたが、行ったことのない場所、知らない場所を設定することは案外、難しいのだ。

「火と水の旅をするとユリは言っていたけど、これでは砂の旅じゃないか……」

広漠とした風景を見ていると、心のなかまでカラカラに干からびてくる。はたして、ここには色彩というものが存在していたことがあるのだろうか？　かつての栄華を示すものはなにもなく、まるで色褪せたセピア色の写真を見ているようだった。この先、どうしたらいいかわからず、長い時間マヤは石のうえに座り込んでいた。ふと、視線を落とすと、その石の切り口は六角形にカットされていたが、その形は、ここがエリア＃６の領域内にあって、いまだエリア＃７に到着していないことを物語っているかのようだった。マヤは六角形の石のうえに根がはえたように座り込み、どこかへ行くのが面倒になってしまった。

どれくらいの時が流れたのだろうか。うとうとと眠りかけた頃、なまあたたかい風を頬に感じ、あたり見渡すと、まわりの世界が動いている。座っている石から手足のようなものがはえて、まるで生き物のように動いているが、石が歩き出すなんていうことがあるのだろうか？　慌てて石から飛び降りて、その全貌（ぜんぼう）を確かめようとすると、どんよりとした鈍い光と目があった。

「……カメ？」

その生き物は、マヤを一瞥（いちべつ）すると、再び歩きはじめた。目の前にあらわれたものが、龍でなかったことに、マヤはがっかりしていたが、「助けたカメに連れられて別世界へ行った」という有名な昔話があったはずだ。べつに助けたわけではないけれど、このカメの後についてゆけば、別次元にたどり着くかもしれない。

マヤはカメのうえに再び飛び乗り、あらためて、六角形の甲羅（こうら）を観察して見ると……なにやら図形のようなものが描かれていたことに気がついた。カメの甲羅に秘められた暗号が、次の世界の扉を開ける鍵になっているような気がした。

なぜ、そう思うかといえば、宇宙図書館ではいつもクイズやパズルが出題され、正解を出さなければ先に進めない仕組みになっているからだ。どうして、そんなものを解かなければいけないのか、その理由は定かではないが、これも次元を超えるための、一種の意識の変換なのだろう。

その暗号めいた形に秘められたパズルを解くことに夢中になり、カメがどこに向かって歩いているのか、まったく興味の対象にならなかった。ここで子どもっぽい動機に引きずり込まれると、マヤは9歳の言語能力しか保てなくなってしまうのだが……。

耳をつんざくような轟音(ごうおん)と共に、一瞬にして世界が変わり、呼吸が苦しくなる。手足をばたつかせ、なにかにつかまろうと必死にもがいていると、カメが水面に浮かびあがってきたので、その甲羅に慌ててよじ登る。ようやく、あたりを眺める余裕ができて、マヤは安堵(あんど)のため息をついた。

それにしても、陸地を歩いている時とは比べものにならないほど、水のなかでカメは優雅に泳ぐものだ。そのなめらかな動きは、まるで高性能の乗り物のようで、ここから先は快適な旅が約束されているかのようだった。マヤはのんきに鼻歌を歌っていたが、だんだんと足元が冷たくなり、カメの甲羅は氷で覆われていった。

やがて、ヒンヤリと冷たい風が流れる洞窟の入口にたどりつくと、マヤは甲羅から降りた。あらためてカメの姿を見つめてみる。どんよりとしていた目が、潤んだエメラルドに変わり、全身からエメラルドグリーンの光と、やわらかいピンクゴールドの光を放っていた。そのピンクとグリーンの輝きは、硬く覆っていた殻が破れ、新たなるはじまりを予感しているようでもあり、それはまるで、長い人生を生き抜いた者だけがたどりつく、生への確信を放っているかのようだった。

「……あなたは誰？　ここはどこですか？」マヤは平静を保ちつつ尋ねてみた。

「……わしの名を呼ぶ者など、誰もいない。

……名前など、大昔に忘れてしまった。

……ここは、氷の図書館。

……わしは、かつて、レムリアと呼ばれた時代の墓守（はかもり）じゃ」

ゆっくりとかみしめるように、カメは話す。

前方に拡がる洞窟の奥には、青い水晶の柱が延々と連なり、深い森のようになっていた。「レムリア」という言葉を聞いた瞬間に、遠くで誰かが呼んでいるような、懐かしさがよぎったが、単なる気のせいだろうか。

「名前がないなら、亀吉にしよう」マヤは無邪気に笑っていた。

「カ・メ・キチ……？」

カメは長い首をひねり、しばらく考え込んでいたが、再びゆっくりと口を開いてこう言った。

「かつて、わしは……アルデバラン、と呼ばれておった」


「アルデバラン？　どこかで聞いたことのある名前だね……。

わたしは、マヤ」マヤは自己紹介をはじめた。

「マイヤ……美しい星の名じゃ」

「ちがうよ、マイヤではなく、マヤ」

マヤは自分の名前を何度も繰り返していたが、アルデバランは一度そう思い込んでしまうと、その思考回路は甲羅のように固く、変更が難しいのかもしれない。


ＭＡという最初の音程さえはずさなければ、べつにどうでもいいのかもしれない。なぜなら、名前の最初の音というのは、宇宙図書館における自分の識別コードであり、座標軸を設定するための設計図のようなものなので、とても重要なのだから。自分の音程をはずしてしまったら最後、座標軸がバラバラにほどけてしまうことをマヤは知っていた。


「マイヤは、どんな星なの？」

マヤは好奇心には勝てず、星のことを質問してみた。

「それに、レムリアとはどういう文明だったの？　氷の図書館ってなに？　アルデバランは氷の図書館でなにをしているの？　それに、レムリアの墓守とはどういう意味？　教えて教えて……」

心の赴くまま、マヤは矢継ぎ早に質問をする。

「……まあ、そう慌てずに。一つひとつ、じっくりと聞きなさい。時間は、いくらでもある」

悠久の時を生きるものと、束の間の時間を駆け抜ける儚い生命では、まるで時間軸の目盛りが違うかのように、アルデバランはゆっくりと話すのだった。

「おまえは、過去を悔やみ、起きてもいない未来を心配する。時間に囚われている限り、その道のりに置き去りにした感情というものに苦しむのじゃ」

「置き去りにした感情ってなんですか？」

「……その感情は石のように硬く、そして岩のように重い。

この図書館では、記憶が結晶化して、氷の柱を作っているのじゃ。凍りついた記憶を溶かすために、多くの旅人がここに立ち寄ったが、足を踏み入れたら最後、この氷の図書館から元の世界に帰還するのは、容易なことではないんじゃよ。

なぜなら、凍りついた記憶を溶かすには、その対象と自分の心を同じ温度にしなければならないからじゃ。言い方を変えれば、凍りついた感情を自分のものとして取り込み、昇華の炎を使ってそれを焼き尽くさなければ、相手の凍りついた感情を溶かすことなどできないし、相手の心に影響され、支配されてしまえば、その相手と同じ温度になったまま、元には戻れなくなってしまうからじゃ」

「相手と同じ温度になってしまうということは、自分の心も凍りついてしまうの？」

マヤの表情に一瞬不安の色がよぎった。

「さよう。いくら相手を助けようとしても、足を踏み入れた人の記憶が凍りついてしまえば、このなかに閉じ込められてしまうのじゃ。見てごらん。この、おびただしい数を……」

アルデバランの潤んだ瞳には、墓場のように乱立する氷の柱が映っていた。

「……厳密に言えば、氷の図書館の領域では、自分と他者の区別はなく、すべては自分なのじゃ。自分自身の凍りついた記憶を溶かすことは、人類の集合意識にはびこる氷の塊を溶かすことにもなる。凍りついた記憶をすべて溶かし、ひとつの海に還すことができたなら、氷の図書館の、その一番奥に今でも眠っておられる、レムリアの王とレムリアの女王を目醒めさせることができる。わしは、レムリアの墓守。約1万3000年前に起きた大切な記録を次の世界へと語り継ぐ、氷の図書館の語り部でもあるのじゃよ」

1万3000年前……？

この数字に、マヤは見覚えがあった。宇宙図書館のデータには時空のゆがみがあり、マヤには正確に読むことができない領域が存在するのだ。それはまるで、目には届かないヴェールに覆われ、向こう側の世界から薄あかりが差し込んでいるものの、その実体はつかめず、ゆらゆらとゆらめいているように見えるのだった。

「アルデバラン、人類の集合意識が浄化されない限り、1万3000年前のレムリアの記憶は目を醒まさないということかな？」

マヤは針の穴を通すような、ピンポイントの質問をする。

「そうじゃ。かつて地上には太陽の国があり、遠い昔に海の底に沈んでしまったという伝説を、一度くらいは耳にしたことがあるじゃろう」

アルデバランは遠くのなにかを見つめているような眼をしていた。

「かつて、地上には太陽の国があったということは、宇宙図書館の本には書いてあるけれど、少なくとも、3次元の現象界では、そんな史実を聞いたことないよ」

マヤはきっぱりと言った。

「それに、宇宙図書館に書いてあることが本当に3次元に現象化されたかどうかはまた別な話だよ。人間に喩えれば、一番上が精神や魂と呼ばれるところで、真ん中が感情体、一番下が肉体というように、この図書館は三層構造になっていて、すべての現象は、いきなり3次元に出現するわけではなく、魂や精神の世界、感情の世界で形骸化してから、ようやく3次元に物質化されるんだから」

「おもしろいことを教えてあげよう。ここは宇宙図書館の地下、いわば、海底に沈んだ太陽の国でもあるのじゃ。おまえが言う、三層構造にあてはめてみれば、ここは、わしらハチュウルイの脳であり、一番下の海底にある氷の図書館は潜在意識。そう、凍りついた集合意識でもあるのじゃ。真ん中のエリアは個人的な感情や情熱に由来し、そして、一番上が、すべてを超えた超越意識の領域なのじゃ。

なぜ、三層になっているかわかるかな？」

「なんでなの？」

「二つの世界に橋をかけるには、その狭間(はざま)に感情が流れている必要がある。凍りついた集合意識と、すべてを超えた超越意識をつなぐには、個人的な心情、情熱と呼ばれる感情が必要なのじゃ」

「宇宙図書館の三つの層をつなげることと、エリア＃6と7の間を修復することと、なにか関連がある？　なぜ、6と7の間には溝があるのかな？」と、マヤは尋ねた。

「宇宙図書館のエリア＃6と7の狭間に深い溝があるのは、エリア＃1から6までの感情と、エリア＃7から12までの感情が分離して存在し、引き裂かれた感情が別々のものになって、調和を失っておるからじゃ。

1万3000年前から地球人類は二極性を体験しておる。そのゆがみに落ち込んだ感情は、混沌とした地底で渦を巻き、龍の姿になっておるのじゃ。二匹の龍とは、引き裂かれた心が創り出した幻影であり、この二つを一つに束ね、元の姿に戻した時、エリア＃6と7の間の溝が修復されるのじゃ」

「引き裂かれた、二つの心……？」

マヤは自分のことにあてはめて、その言葉の真相を考えてみた。極端から極端に走る自分の心は、かなり巨大な龍を生み出しているに違いない。

「もともと一つだった心が二つに引き裂かれ、断層に落ち込んだ感情は、長い年月を経て凍りついてしまったのじゃ。人類の集合意識に眠る、凍りついた感情を溶かしてからでないと、おまえは、その先の光の世界へは行かれまい。地底に眠る二匹の龍とは、光と闇、善と悪、聖と俗などの、さまざまな二元性を一つに束ねて、それを超えてゆくことを暗示しておるのじゃ。さあ、それがわかったら、氷の図書館に赴き、凍りついた記憶を溶かしに行こう」

アルデバランは聞いたこともないようなメロディーを口ずさみながら、足取りも軽く、青い柱が連なる氷の図書館の奥へと入ってゆく。そして、呆然と立ちすくむマヤに向かってこう言った。

「わしらカメ族が、このうえもなく、ゲームが好きなことを忘れたのかね？　これはゲームじゃ。さあ、行こう！」

《氷の図書館》

アルデバランの後について、氷の図書館に一歩足を踏み入れると、深い深い青の世界が拡がっていた。この青い世界において、あたたかな色彩をみつけることは、ことのほか難しい。足元には白い氷のかけらがちりばめられ、六角形の柱が立ち並んでいる。張り詰めた空気がどこからともなく流れていたが、ここはまるで、静けさにつつまれた水晶の森のようだった。耳を澄ましてみると、はるか彼方から、かすかに水が流れる涼やかな音が聴こえている。

マヤは足を止めて、柱に手を触れてみると、ひんやりとした冷たさと、相手の介入を拒むような頑(かたく)なさが伝わってきた。誰が刻み込んだのだろうか。表面には細かい線と、三角形や四角形などの、さまざまな図形がついている。はるか上空へと立ちのぼる図形は、秘密の暗号のようでもあり、象形文字が刻まれた古代エジプトのオベリスクを彷彿(ほうふつ)させた。

指で三角形に触れてみると、パソコンの電源を入れた時のように、あたりの空気を震わせながら「ブーン」と低い音をたてて、氷の柱が深い青から、ターコイズブルーの明るい色彩へと変わってゆく。それは、マヤが触れた柱だけではなく、まわりの柱まで、軽快なターコイズブルーに変化してゆくのだ。言葉にはならないような驚きの声をあげていると、前方を歩いていたアルデバランが鼻歌を歌いながら戻って来た。

「どうやら、凍りついた記憶が、目を醒ましたようじゃな。この氷のなかを、よく観てごらん」

促されるままに、ターコイズブルーに変色した柱のなかを覗（のぞ）いてみたが、なにも見えなかった。

「さあ、もっと、灯りをつけてごらん」

と、アルデバランは言うが、灯りをつけるとはどういうことなのだろうか？

「まずは、凍りついた柱に灯りをともすことじゃ。そして、まわりの状況をよく観察してみる。なぜ、記憶が凍りついてしまったのか、その原因を知るためには、もっと光が必要なのじゃ。ここにいつまでも閉じ込められている理由は、ただ単に、光が足りないだけなのだからね。さっきやったことを、もう一度繰り返してごらん」

慎重に三角形に触れてみると、だんだんと色彩が薄くなり、氷の柱が透明になってゆく。そのなかを覗くと、虹のように輝くホログラムが上映されていた。

「わかるかね。これが、記憶が凍りついた原因なのじゃ」

氷のなかのホログラム映像は、ある人生を映し、そこには、独り置き去りにされた悲しみの感情が渦巻いていた。

「氷に刻まれた図形だけではなくて、線にも触れて、音が固まっているところを探してごらん」

マヤは耳を澄まして、バーコードのように並んでいる直線に指を触れて、音階をたどり、音が固まっているところを探してみる。音が固まっているというのは、音が凍りついて滞(とどこお)っているということのようだ。バーコードを一本一本たどり、凍りついた音を探していると、氷のなかのホログラム映像が変わり、置き去りにされた人ではなく、その人を置き去りにした相手の映像になった。そして、なぜ、その人を置き去りにしたかという事情が、そこには映し出されている。一つの現象も、立場を変えていろいろな角度から観察することによって、見えてくることがある。


「さあ、もう一度、三角に触れて、凍りついた記憶を観てごらん」

アルデバランに促されて、三角形に触れてみると、ホログラムはだんだん薄くなり、霧のように消えていった。すると、氷の表面からはキラキラと輝く一粒の雫がこぼれ落ち、水路へと流れてゆく。マヤは呆然と、そのゆくえを目で追っていたが、不思議なことに、柱が一本溶けることによって、まわりの柱までもが連鎖反応のように溶けはじめていた。凍りついた記憶は光に変わり、残ったエッセンスは、惑星全体の宝として記憶の海へと流れ込む。記憶とは広大な海のようなものなのかもしれない。水は記憶を運び、滔々(とうとう)と流れてゆくのだろう。

「さあ、凍りついた記憶を溶かし、光へと昇華させよう。今まで超えられなかったものが一つ解決すれば、それと同じパターンのものは自動的に解凍されるのじゃ。記憶の仕組みとはそういうものじゃ。おまえはこれから、個人的な記憶、過去世の記憶、そして人類の集合意識に眠る記憶を溶かすことになる。さあ、他の柱でも、やってごらん」

マヤは段々とこのゲームが楽しくなって、いくつもの凍りついた柱を水と光に変えてゆく。それぞれの柱には、図形が刻まれていて、その図形に触れるたびにホログラム映像が浮かびあがる。図形によって映像のパターンが決まっているようで、その形にフォーカスすることによって、氷の柱を溶かすことができた。

アルデバランが言うには、人間の身体には目に見えない光の図形が描かれていて、柱に刻まれた図形と同じ形の図形を共鳴させることによって、記憶の扉を開いてゆくらしい。自分がなにか特別なことをやっているという自覚はなかったが、生命を持った存在が氷の図書館を訪れることが重要らしい。人がこの領域を歩くことによって、凍りついた柱に温度が伝わるという。生命が発する熱で氷を溶かしているというのがことの真相なのかもしれない。

しかし、一つの図形をクリアーしても、その後から再び他の図形があらわれて、なかなか溶けないシブトイ柱も存在する。そして、いつまでたっても、溶けないロイヤルブルーの柱が何本か残ってしまう。

「なんで、この柱は光に還らないのだろう?」

マヤは、いまだに溶けない柱の前にたたずみ、首をかしげていた。

「なかには、頑固な記憶もあるものじゃ。ぜひ、憶えておいてほしいことがある。頑固さは命取りにもなるということを。わしの凍りついた甲羅を見てごらん。こんな固い鎧を着ていたら、柔軟運動などできないんじゃよ。しかし、水のなかに入れれば、重い甲羅の重圧から解き放たれ、自由に泳ぎまわることができる。

多次元的になるとは、水のなかにもぐるようなものじゃ。たとえ、目に見える3次元の現象には、いろいろなルールや制限があったとしても、自分の心のなかまで限定を加え頑固になることはないのじゃ。制限を解き放ち、もっと柔軟な思考を持って、映像を良く観察してごらん。なにが見えるかな？」

アルデバランは、まるでクイズを出題しているかのようだった。

「……そう。わかるね。置き去りにされた悲しみという感情のなかにも、いくつか種類があるのじゃ。

相手にはどうしても避けられない事情があって、約束を守れなかったとわかっても、親、兄弟、そして恋人や異性の場合はそう簡単に諦めることができない。なぜだかわかるかね？ その想いは心の深いところに入り込み、見えない部分を暴いてくれる。なぜなら、心の深いところまで入り込むことを、自分自身が許すからじゃ。

たとえ、3次元では別れ別れになったとしても、深い絆でつながっていたとしたら、どんなことが起きようと、決して分かつことはできないじゃろう。それは、この一回の人生だけではなく、幾多の転生を経ても、時間さえもその絆を分かつことなどできやしないのじゃ。

　それでも、苦悩に浸ることが好きならば、いくらでも浸っていればいい。それは個人の自由なのだよ。哀しみを充分味わいつくしたら、あとはその感情を手放すことじゃ。まわりには光があふれていることを思い出し、自らが輝き出せば、そんなことは些細なことだったと、自分を笑い飛ばすことができるじゃろう。キーワードは、『自分を笑え』なのじゃよ」


　甲羅を覆っている氷が、溶けてしまうのではないかと思うほど、アルデバランは陽気な声で笑っていた。アルデバランが発する笑い声のなかには、キラキラと輝く光の幾何学模様が躍っているようだった。幾千もの歳月をアルデバランが生き延びてきたのは、この光の幾何学に秘密があるのではないだろうか……。つられて笑っていると、こごえた足の指も、だんだんとあたたかみを帯びて、それと呼応するかのように、凍りついた柱も溶けてゆく。柱を一本溶かすたびに光が増し、あたりはまばゆい光につつまれて、光が増すにつれて手に触れなくても、ひとりでに溶けてゆく柱もあるのだった。

「さあ、いよいよ、凍りついてしまった、幼い心を解き放ちに行こう」

　アルデバランは閃(ひらめ)いたように言った。

「おまえのハートには、凍りついた記憶が氷の破片のように突き刺さっておる。その破片を取り除くためには、もっと光を当てて、その存在を認め、そして元の場所に戻すことじゃ。この柱をすべて溶かすことができたなら、おまえの今生の任務は、これで終わりにしてもいいくらいじゃ」

アルデバランは、巨大な氷の群生を前にして、感慨深そうに目を細めた。カメのまぶたは、上から下に閉じるのではなく、下から上に持ちあがるのか、とマヤはそんな些細なことに心を奪われていた……

「……アルデバラン、今生の任務を終わりにしてもいいということは、ここでわたしの記憶は凍りついて、ゲームオーバーということ？」

「そうとも言える」

アルデバランの表情からは陽気さが陰をひそめ、冷静沈着な声を発していた。

「おまえが溶かすターゲットとは、戦いの記憶じゃ。

これは個人の記憶だけではなく、両親の記憶、先祖の記憶、過去世の記憶を含めた全人類の集合意識と、その先にある惑星意識の昇華でもあるのじゃ。

さあ、最強の砦(とりで)を溶かしに行こう。こと、戦争についても、さまざまな、ドラマが隠されておる。おまえが、幼い頃に、戦争の写真を見て、心が凍りついてしまった瞬間へと、さかのぼってみよう」

氷の群生をかきわけ、細い剣のような柱の前で、アルデバランは足をとめた。マヤは慎重に、下向きの三角形を探し、手の平を近づけると、あたたかさが三角形に伝わり、氷のなかに幼い日のホログラム映像がぼんやりと浮かびあがっていた。「音量を最小に保っておくように」と、アルデバランは言っているが、なぜだろうか？

「あの時、なにが起きたかわかるかな？　そう、おまえは、モノクロの写真を見て、さまざまな音を、一度に聴いてしまったのじゃ。その音とは、爆音を響かせる戦闘機の音、乱射する機関銃の音、逃げ惑う人々の声、泣き叫ぶ子ども、断末魔の叫びをあげる人、草木が悲鳴をあげ、大地が震える音、悪臭を放つ黒煙。そして、虚空に裂け目ができて、怒りや恐怖の音が渦を巻き、悲しみや苦しみの感情が流入してくる音を……。幼い日のおまえは、幾重にも重なる恐怖の音を、一枚の戦争写真から受け取ってしまったのじゃ」

マヤはブルブルと身震いをして、耳のなかにうずく音を振り払おうとした。

「そして、恐怖の音を止めようとして、おまえは、色彩の動きも止めてすべてを氷結させてしまった。音と色は同じ物からできているのじゃ。呼吸を繰り返すように動いていた色彩も、生き生きと躍る心も、それ以来、地下に潜り込んだように息をひそめてしまったのじゃ。そして、その時の想いは、エリア＃6と7の間にある溝に落ち込んで、凍りついたまま、永遠に地下世界に閉じ込められておる。真相はそういうことなのじゃ」

もう、なにも見たくない、なにも聴きたくないという想いに、しばしば陥ることがあったが、それは、以前にそういう経験があって、感覚器官を自ら閉じるということがパターン化されていたのだろう。一度、固体化されたものは、再び結晶化されやすいものだ。似たような感情に陥るたびに、いくつもいくつも感情を凍りつかせ、氷の群生を作っていたのだ。一本の柱を中心に似たような形の柱が、円を描くように連なっているのは、そういうわけだったのか。

「この凍りついた記憶を溶かすには、どうしたらいいの？」と、マヤは尋ねた。

「慎重に、氷のなかに光を当ててごらん。指先から放つ鋭いレーザー光ではなく、手の平の渦巻きを使って、ゆっくりと、つつみこむような、やわらかい光をイメージするのじゃ……」

手の平に回転する渦巻きの光をイメージして、煙の充満した氷をマヤは慈しむように抱きしめた。強く抱きしめたら最後、自分の体が氷になってしまうかもしれない。背筋が凍るような冷たさが全身を駆けめぐり、心臓の鼓動まで凍りついてしまいそうになった……。

さまざまな戦争というものを、氷のなかに映し出し、宇宙船から地上をモニターするような目で観察していると、地球人類の歴史とは、殺戮の歴史なのかと思うほど、時を超え場所を超え、いたるところに戦争の記憶というものは残っていた。

遠い過去の紛争を見ると、そこには、自分の家族や愛するものを守るための戦いが繰り広げられていた。圧政に対する抵抗、虐げられたものたちが団結して時の権力に逆らった一揆、時代を変えようとして起こした謀反など、その原因はさまざまだが、そこには、たえず不条理な死がつきまとっていた。

結局、数々の戦争の映像を観て理解したことは、自分の心のなかから、対立や分離や排除というものがなくならない限り、戦いはなくならないということ。自分と価値観の違う相手を見て、どうするか？　敵と出会った時、動物の反応は二種類しかないといわれている。「戦う」か、「逃げる」か。本当に、その二つだけなのだろうか？　それは、脳の奥底に潜むハチュウルイの脳の思考回路であり、戦うことなく、逃げることなく、共存することは知性のある人間にならできるのではないだろうか。人は何度同じ過ちを繰り返せば気がすむのだろう。

「……いいかい、おまえが幼い頃に見た、戦争の写真。この写真が撮られる少し前に時間を巻き戻して、この人がどうやって亡くなったのか、その瞬間を見てみよう」

アルデバランは、一枚のモノクロの写真を大きな氷の柱のなかに映し出し、表面に刻まれたバーコードを虹の色に変えながら、時間を巻き戻してゆく。

「ごらん、これがあの写真に写っていた人の死の瞬間じゃ。どんな悲惨な死を迎えても、その瞬間は、神々しい光が射し込んでいるのが、おまえにも見えるじゃろう。

もっと、いろいろな死の瞬間を見せよう。人はみな、死の瞬間は苦しみもなく、新たな世界へと旅立ってゆくものじゃ。おまえの目には、彼らを迎えに来る光が見えるかね？」

それはまるで、ルネッサンス時代の画家が描いた絵……システィーナ礼拝堂の天井に描かれていた、天地創造の壁画……のようだった。地上から伸ばした青白い指先に、天空から光が差し伸べられ、指と指がふれあうほどに近づき、そこから異次元の光が射し込んで来る。その光景は、地底から青い龍があらわれ天に向かい、天空から黄金の龍があらわれ地上へと向かう、そして二匹の龍が一つに絡み合い、無限の光を放っているようにも見えた。太陽の国への扉を開けるという二匹の龍とは、昇天の際に指先から放たれる「光」と関係があるのではないだろうか？

それは、転生から転生へと移行する際に射し込む光であり、昇天と誕生の場面は、必ずその光につつまれている。どの人の死の場面も、誕生の場面にもあらわれる二つの指先は、まるで鏡に映った双子の魂のように、まったく同じ光が放たれていた。

氷のなかに充満していた黒い煙は、段々とトーンが薄くなり、ブルーグレーから淡いラベンダー色に変わり、それに伴い墨汁のように重かった音は、風にたなびく竪琴のように軽やかな音になってゆく。ラベンダー色が段々と薄くなり、それは山の稜線にかかる霞（かすみ）のように漂っていた。その色は、決して冷たい色ではなく、自己主張をしない、ほんのりとしたあたたかさを醸（かも）し出し、そして、氷の柱も、だんだんとあたたかくなってゆく。マヤはもうなにもできずに、ただ自分のハートの中心から、光をあふれさせるだけだった。

「上出来じゃ」

アルデバランの陽気な声に気がつき、ふと視線をあげると、氷の柱の群生が小さなかけらになって、ダイヤモンドダストのようにキラキラと輝いていた。水路の水はあたたかい海へと流れ込み、河口付近では銀色のイルカがジャンプを繰り返しているのが見えていた。水路のわきには、小さな青い花が咲きはじめ、アルデバランは青い花に囲まれて、ウットリとした表情を浮かべている。

その花は、遠い子どもの日に裏庭でつんだ露草や……、一つ前の人生における死の淵で見つめていた花と同じ光を放っていたので、マヤは思わず青い花に手を伸ばして、その光に触れようとすると、アルデバランは穏やかな口調でこう言った。

「花は、そこに置いておきなさい。花は誰のものでもない、みんなのものじゃ。多次元を旅する人ならば、誰でも知っていることがある。青い花は二つの異なる世界を結ぶ道に咲く花。青い花は異界の光を受けて咲く、多次元への旅の道しるべになるのじゃよ。青い花はスピリットの世界に咲く宇宙の意識であり、自らが輝き出した時に咲く、太陽の国の花なのじゃ」

「青い花は……太陽の国の花？」

アルデバランの言葉を聞いているうちに、月の光に照らされた、青白い花の色を思いうかべ、青い花をただボンヤリと眺めていた。

「よく聞いておくれ。地球という星は、今までいろいろな裏切りや、愚かな戦いを経験しながらも、地球は今なお存在しておる。なぜ、この惑星は滅びることなく、今でも存在しているのか考えてみたことがあるかね……？」

アルデバランはマヤの瞳の奥に住んでいる誰かに向かって問いかけているようだった。

「たしかに、惑星地球が存在しているのは、この宇宙において、まるで奇跡のようなことかもしれないね。人類という存在は、長い歴史のなかで、不条理な死に直面しつつも、ここまで連綿と命をつないできたのだから。人間は愚かな反面、それでも光を目指して歩んでゆくという資質を内側に秘めているんじゃないかな」と、マヤは答える。

「さよう、結局は愚かなことに対処するには、戦ったり、逃げたり、防御したりするのではなく、自らの光を増すことにあるんじゃ。それには、もともとは誰もが、光の存在であったことを思い出し、一人ひとりが自らの輝きを放つことじゃ。

そして、この輝かしい昇天の場面を、ぜひ心に刻んでおいておくれ。人はみな法悦のなかで異界へと旅立つものじゃ。幼い頃に感じた悲しみや孤独感が、少しはやわらぐように。さあ、涙を拭いて、もう一度、笑っておくれ。キーワードは『自分を笑え』じゃよ」

マヤは涙を流しながら笑っていた。自分の過去など、おもしろすぎて笑わずにはいられない。そして、自分の凍りついた記憶やハートに突き刺さった氷の破片など、霧散霧消に笑い飛ばしてしまえ。

見あげれば、ダイヤモンドダストのように、氷の破片が舞い降りてくる。マヤは両手を広げ、キラキラした破片をつかもうとしていたが、一片（ひとひら）のかけらが手のひらに飛来すると、スーッと音もなく消え去ってゆく。それはまるで、幼い日の自分から届けられた一篇の手紙のように、心の奥まで染み渡ってゆくのだった。

その後も、アルデバランとマヤは、凍りついた柱を溶かし、光と水へと変えていった。

「108本の柱を溶かすように」と、アルデバランは言うが、その数字の意味について尋ねてみると、4×9×3＝108が、「意識のシ・ク・ミ」なのだそうだ。感情というものは主観的なものだが、そこには法則のようなものがあるという。

「108は意識の仕組み？　それは、どんな仕組みなの？」

数字の語呂合わせだけでは納得できず、マヤはその意味を聞かずにはいられなかった。

「108の仕組みを理解するには、三界の知識がなければ無理じゃ。宇宙図書館が三層構造になっているように、人間の意識も三つの層からできているのじゃ。通常の意識の他に、それを超えた超越意識と、意識にのぼらない潜在意識の領域だ。そして、ここは、凍りついた潜在意識の領域でもあるんじゃ。

わしの堅い甲羅を見てごらん……菱形がいくつあるかな？」

突然、アルデバランは甲羅に灯りをともした。その光は行灯（あんどん）のようなやわらかな光で、アルデバランの内側から発せられているようにも見えた。アルデバランが言うには、頭のてっぺんからシッポの先まで真っすぐに伸びた光の柱をイメージしてみるそうだ。その光はシッポの先から地球の中心に伸び、頭のてっぺんから宇宙の中心につながってゆくという。マヤはやわらかな光を発するアルデバランに見とれながらも、甲羅に描かれた菱形を一つひとつ数えてゆく。

「1、2、3……全部で48個あるよ」

「さよう。48個の一つひとつは、意識をあらわしている。甲羅に刻まれた48個の図形と同じ物が、宇宙図書館の三つの層に存在しているのじゃ。天にあるものは、地にもあり、地にあるものは、地中にもある。その三つが揃って、はじめて世界はバランスが取れるのじゃ。

……そして、49番目の場所に、今もなおレムリアの王さまが眠っておられるのじゃ」

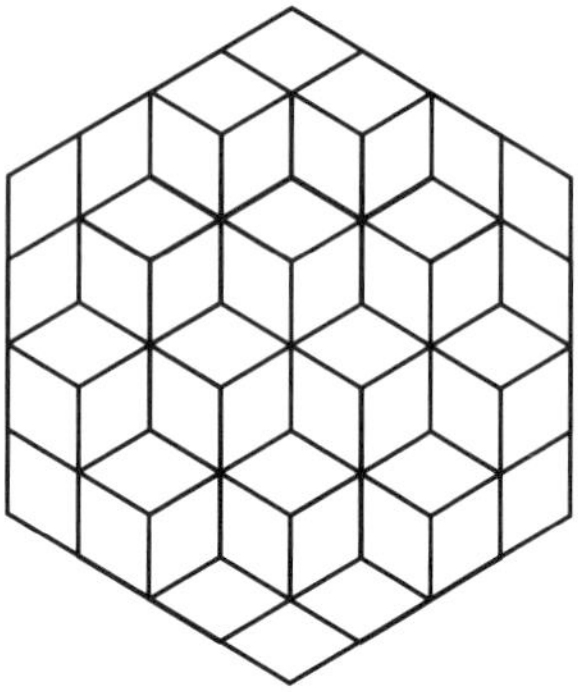

49番目の場所がどこにあるのか、目をさらのようにしてアルデバランの甲羅を見ているうちに、ある閃きがやって来た。もしかしたら、アルデバランの甲羅は、この氷の図書館の地図になっているのではないだろうか？　それぞれの感情によって、身体のどの部分に対応するか決まっていて、その感情をクリアーするたびに、氷の図書館の特定の部分が溶けてゆくような予感がした。

「……でも、アルデバラン。どう計算してみても、48×3は、１４４。１０８にならないよね」

「……さよう。それが、この氷の図書館が抱えている問題なのじゃ」
アルデバランは顔じゅうに深いシワをよせていた。
「……この宇宙は、１４４の意識から形成されているという話は、きっとどこかで聞いたことがあるじゃろう」

人間の意識も、本来は１４４の要素があるのだが、現在の地球人類は、１０８の意識しか獲得していないという。本来あるはずの、残りの36の意識は、この氷の図書館の領域で凍りついたままになっていて、それを溶かしてからでなければ、49番目に眠っているレムリアの王はあらわれない、とアルデバランは主張するのだった。

４×９×３＝１０８
48×３＝１４４
36の凍りついた意識。
49番目の場所に王さまがいる……。

数字ばかり出て来て、マヤは少々気が重くなっていた。ここは氷の図書館ではなくて、数字の図書館ではないかと、思えてくるのだった。数字の図書館……？

そういえば、宇宙図書館には「数字の森」と呼ばれている領域があり、入口には「元素の周期表」にそっくりなパネルが設置されている。その森には数字がまるで樹木のように並んでいるが、パネルの数字を押すとその数字が立っている場所に直接アクセスできる仕組みになっている。マヤはよく「数字の森」に赴いては、数字たちの話に耳を傾けていた。そう、数字はこの宇宙のことを熟知しているのだから……。

「あっ！」マヤは思わず子どものような声をあげていた。

「わかった！　わかったよアルデバラン。これは、数字を使ったパズルだ。アルデバランの甲羅に、1から48までの数字を入れて、パズルが完成したら氷が溶けて、レムリアの王さまがどこにいるかわかるんじゃない？」

「なにを根拠に、そんなことをしようというのか。わしをゲーム盤にするつもりかね？」

アルデバランは、まばたきを何度も繰り返していた。

「アルデバラン、宇宙図書館はいつだってそう。次の次元に行くには、パズルを解かなければ行かれないんだよ。スフィンクスは、いつだって、51のゲームをやりたがるんだ。その理由はわからないけれど、問題を解かなければ、先に進ませてくれない」

マヤはそう答えながらも、アルデバランの甲羅のうえに降り積もった氷のかけらを、サッサと取り払ってゆく。すると、アルデバランの頭と手足とシッポの部分の氷が溶けかかっていて、合計12個の菱形がクッキリと浮かびあがった。

「アルデバラン見てよ。12個の菱形が溶けていて、残りの部分は凍りついたままだ。凍りついた36個の菱形のゾーンを溶かせば、レムリアの王があらわれるはずだよ」

アルデバランは、首を伸ばして、自分の甲羅を見ようとしていたが、それは少し難しかったようで、マヤは地面に甲羅の図を描いてアルデバランに説明をした。

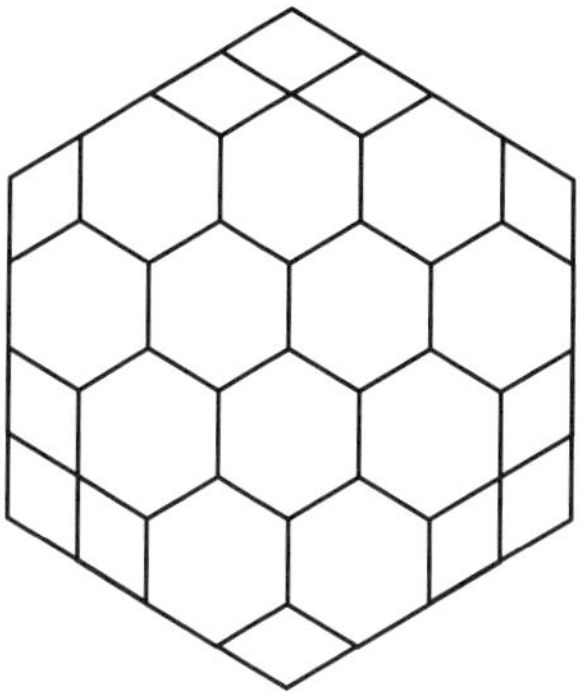

「さて、どうやって、このパズルを解くのかね？　闇雲に数字を入れていくのではあるまいな？」

アルデバランはニコニコと笑っていた。この先どうしたらいいやら……まったく根拠はないが、数の性格を考えれば、どの場所にどんな数字が入るかマヤにはわかるような気がした。

「頭のてっぺんの部分に、おまえなら、どんな数字を入れるのかね？」

と、アルデバランはマヤに尋ねた。

「その前に、アルデバランに質問。この宇宙を数字であらわすといくつになるの？」

「この宇宙の数は……33じゃ」

「33？　それならば、答えは簡単。天頂には星が輝いているので、頭のてっぺんに入る数字は17だよ」

マヤは、なんのためらいも無く、一番上の菱形に17という数字を書き込んだ。

「……なぜ、17なのかね？」

アルデバランは目をパチパチさせている。

「この宇宙が33ならば、33÷2＝16.5　よって、33の真ん中の数字は、17になる。

たとえば、宇宙図書館はエリア＃13まであるから、13÷2＝6.5　よって、宇宙図書館の真ん中はエリア#6.5ではなく、本当はエリア#7になるのだから。

今度はアルデバランの番だよ。シッポの一番下の部分。地面に立った最初の数字はなあに？」

アルデバランが一番下の菱形に2という数字を刻んだのを見てマヤは嬉しそうにこう言った。

「もう、答えはわかったよ。レムリアの王の数字は19。

17と2をつないだ線のどこかにいるはずだよ」

「どうして、そんなことが、わかるのね？」

「なぜって、王は天と地をつなぐ存在だからだよ」

どこかに王さまが隠れていないか、マヤは直線を指でなぞりながら耳を澄ましている。

「……アルデバラン、王さまにまつわることで、なにかヒントになりそうなものはない？

レムリアの時代から伝わっている伝説や言い伝えのなかに、その答えがあるかもしれない」


「王家の秘宝に至るには……我が左手を超えてゆけ、という言葉があるのじゃ」

アルデバランは、やおら左手を少しだけ持ちあげた。そこには、「1」という数字のようなものが見えていた。

「左手は1？」

アルデバランの右手にも数字が書かれていないかと思い、マヤはアルデバランを持ちあげようとするのだが……3という数字がチラッと見えるだけで、その先はよくわからない。

「右足はきっと3じゃ」と、アルデバランは少し困惑ぎみにつぶやいた。

左手の「ヒ」は1、右手の「ミ」は3。1、2、3は、ヒフミと読むとアルデバランは言った。

甲羅に数字を書き込み、なにげなく、1・2・3の順番に数字をつないでゆくと、左まわりの下向きの三角形ができた。

天にあるものは、地にもあるというのなら、下にあるものは上にもあるに違いない。

ということは、17を中心にした上向きの三角形があるはずだ。でも、この三角形は、右まわり、左まわりの、どちらの回転なのかと考えあぐねていると、

「1の反対側に18。3の反対側に16を入れると、それぞれの合計は、19になりやしないかね？」

と、アルデバランは言った。

「そうか！　三つの対角線が交差したところが、レムリアの王がいる場所ということだよね」

「レムリアの王さまのおられる場所が特定できても、そこへ行くには頭を使わなくてはならないのじゃ。次は頭の部分に入れる数字、脳の左右の数字が問題になるじゃろう」

と、アルデバランは言う。

「アルデバラン、氷の図書館には、頭に関するヒントはないの？」

「そう……レムリア時代の人々は、右の脳と左の脳と、そして真ん中の脳を、バランスよく使っていたものじゃ。そして、三つの力が同じになれば、無限の力を持つじゃろう」

「三つの力が同じということは、右脳と左脳と真ん中の脳の合計が、17×3＝51 ということか……そうだ、スフィンクスの言葉がヒントだ！　重要なものは、51から出来ているとスフィンクスは言っていたよ。でも、どの組み合わせが正解なのかな……」

「レムリアの人々の頭上には、数字の8を横にした記号が描かれておった。数字の8は無限の動きを象徴するものでもあるのじゃよ」

「合計8になる数字？　17、26、35、44のうちのどれかを、左右の脳の位置に入れればいい」

マヤは数字を刻みこんで、独りごとのようにブツブツとつぶやいていた。突然、マヤはあることに気がついた。

「17に、8と26を足せば51になる。……だけど、8と26、左と右どっちだろう」

「左脳の方が、情報量が多い」アルデバランは確信を持ってそう言った。

マヤは、1から48の数字を書いて、ある法則を発見してしまう。このパズルは、三つずつの数字が三角形を描きながら、左右交互にまわっているのではないか？

1→2→3、7→8→9、16→17→18、25→26→27 その法則にのっとって、12個の菱形に、全部数字を書き込むことができた。

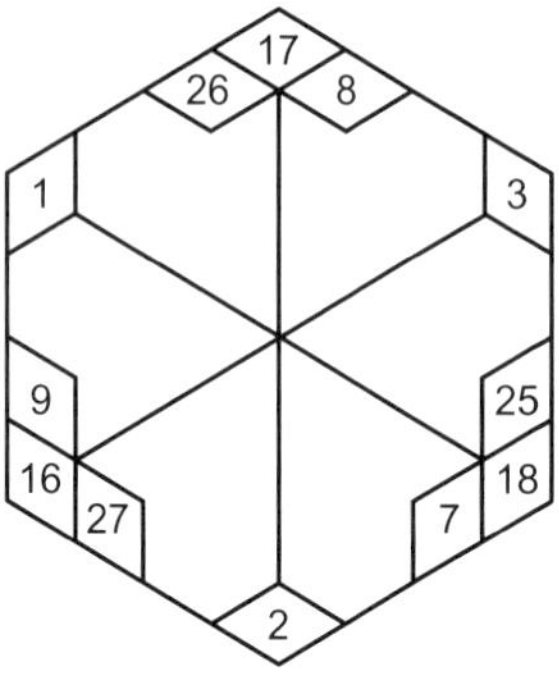

王のいる場所も特定できたし、脳の数字もわかり、手足もシッポも解放された。しかし、ここから先はどうしたものかと、考え込んでしまう。外側の12個の菱形は解けても、肝心の36個がまだ解けていない。

「アルデバラン、なにかヒントを持っていない？　たとえば、アルデバランのお腹に、数字の答えが書いてあるとか……」

なぜ、そう思うかといえば、左手に1、右手に3と書いているだけではなく、アルデバランが座ったあとには、マス目のような痕跡が残っていたからだ。マヤはアルデバランのお腹を見ようとしていたが、その体は石のように重く、とても持ちあげられなかった。

「ヒントをあげよう。わしのお腹には、６×６のマス目がある。そして、６×６＝36は、人間をあらわす数字でもあるのじゃ。

その姿は３次元の物質界に閉じ込められておる現在の人間ではなく、レムリア時代の本来の人間の姿じゃ。そして、６×６の魔方陣は、太陽の国をあらわす数字でもあるのじゃ……」

アルデバランは重い甲羅を持ちあげて、ゆっくりゆっくりと歩いてゆく。アルデバランの座っていたあとには、縦横が６マスずつの正方形と逆さまの数字があらわれた。

６×６の魔方陣

1	30	24	13	12	31
35	8	23	17	26	2
34	28	15	21	9	4
3	27	16	22	10	33
32	11	14	20	29	5
6	7	19	18	25	36

「魔方陣というのは、縦横それぞれの列の合計が、同じ数になるものじゃ。1から36までの数字の合計を6で割ってごらん。1から36までの合計はいくつになるかね？」

マヤは1から順番に、36までの数字を一つひとつ足してゆく。

「パズルを解くには、もっと簡単な方法があるものじゃ」アルデバランは目をキラキラと輝かせていた。

「それは、どんな方法なの？」

「まず、頭の数字とシッポの数字を足してごらん。頭の数字の1と、シッポの数字36を足すといくつになるかね？」と、アルデバラン。

「1＋36＝37。……でもどうして、頭とシッポを足すの？」

「もし、36のように、2で割り切れる数字ならば、頭とシッポをくっつけて、二つの数字をペアにしてゆくと、すべて同じ数になるのじゃ。36＋1、35＋2、34＋3……。そして、ペアがいくつできるか数えればいい。シッポの数字を2で割ってペアの数を出してごらん。36割る2は？」

「36÷2は……18」

「さよう。37と18を掛けてごらん。いくつかな？　それが1から36までの合計になるのじゃ」

「37×18＝６６６
　１から36までの合計は６６６だ！」とマヤ。

「さよう。次に、１から36までの合計の数を、６×６の魔方陣の列の数、６で割ってごらん」

「６６６÷６＝１１１」

「一列の合計は、１１１。どの列も数字を足すと、合計が１１１になっているから確かめてごらん。これが６×６の魔方陣の秘密なのじゃ」

　縦の列、横の列の数字をそれぞれ足してゆくと、アルデバランが言う通り、どの列も１１１になっていた。

……１１１が太陽の国をあらわす数字なのかな？
……６×６＝36が、本来の人間をあらわす数字ならば、
……７×７＝49は、なにをあらわしているのだろう？
……49番目に王さまがいるとアルデバランは言っているけれど、
……それならば、７×７の魔方陣を解けばいいのに。
　しかし、アルデバランの甲羅には、48個の菱形があるだけで、49にはあと一つだけたりない。49番目を探して、このパズルを解けば、エリア＃６と７の間は修復できるのかもしれない。

7×7＝49
6×6＝36
49－36＝13

6と7の間をつなげるには、13の世界にヒントがあるのかもしれないとマヤは思った。

本来の人間の姿という言葉を聞いて、マヤはなにかを思い出そうと記憶の奥を検索していたが、目の前にあるパズルへの好奇心の方が優勢になり、その思いは跡形もなく消えて行った。


「……アルデバランの甲羅も、魔方陣のようになっているんじゃない？

甲羅の形は見方を変えれば平面の六角形を立方体に立ちあげたようにも見えるよ」

マヤはサイコロのような形の氷を積みあげて、甲羅に描かれている図形を組み立ててゆく。

「カメの甲羅の魔方陣かね？」アルデバランは笑っていた。


「この魔方陣は、数字をいくつずつ足すの？」

「四つじゃ。氷は四段に積まれているからね」とアルデバランは言う。

「1から48までの数字を全部足して、48÷4＝12で割れば……98。

このパズルも合計が、98になるところがあるはずだよ。外枠の数字はもうすでに解けているから、右まわりと左まわりの三角形を使って……」

でも、その先どうしたらいいのか、マヤにもよくわからなかった。

「スフィンクスはいつだって、51のゲームをやりたがるのではないのかね？　思い出してごらん。17掛ける3は51じゃ。このパズルを解くには右側から、左側から、そして上から見る三方向が必要ということじゃ。三角形の三拍子のリズムに乗って三つずつ数字を並べてごらん」

1↓2↓3と三角形を描くようにマヤが数字を書くと、アルデバランは48↓47↓46と三拍子のリズムの歌を歌いながらパズルを解いてゆく。


7掛ける7は、49。

49が、二つで、98。

98が、三つで、２９４。

２９４を、49で割ると、６……。


６と7をつなげるにはあと一歩というところまで来ている予感がした。このパズルを解くことができれば氷が溶けて、エリア＃６と7の間を修復できるかもしれない。でも、２９４という数字はなにをあらわしているのだろう？　後ろから読んでも、シクミには一個たりない……。

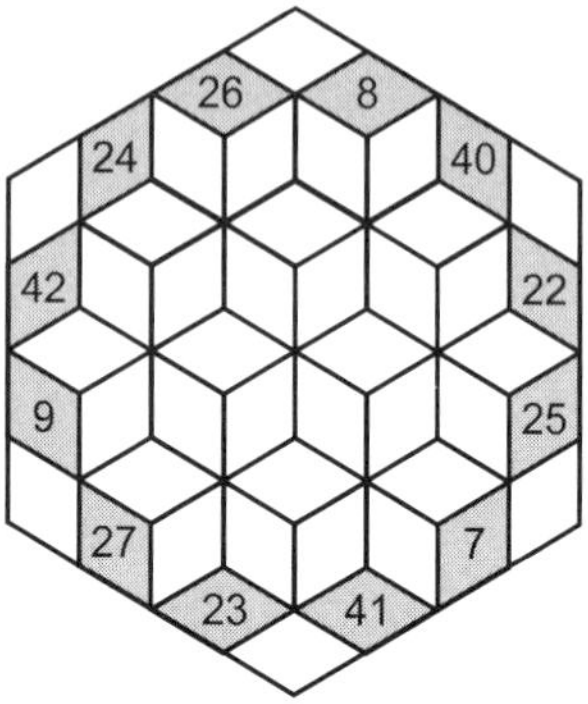

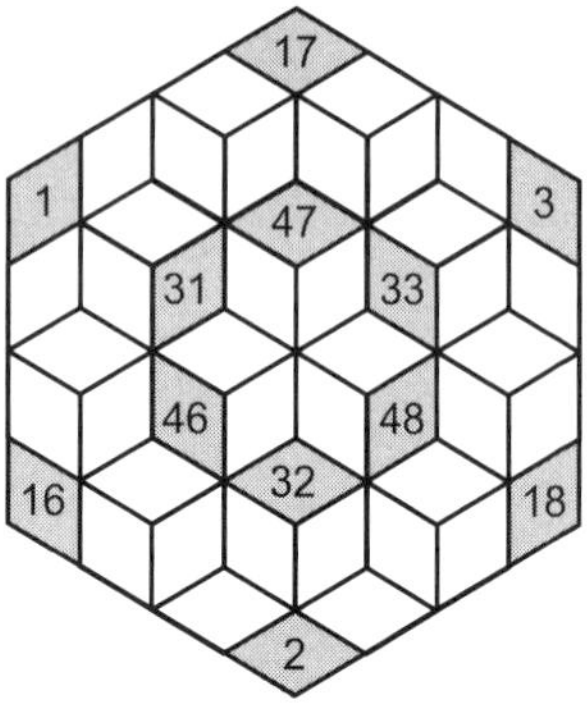

秋の太陽
7 ＋ 25 ＋ 24 ＋ 42 ＝ 98
8 ＋ 26 ＋ 23 ＋ 41 ＝ 98
9 ＋ 27 ＋ 22 ＋ 40 ＝ 98

冬の太陽
1 ＋ 31 ＋ 48 ＋ 18 ＝ 98
2 ＋ 32 ＋ 47 ＋ 17 ＝ 98
3 ＋ 33 ＋ 46 ＋ 16 ＝ 98

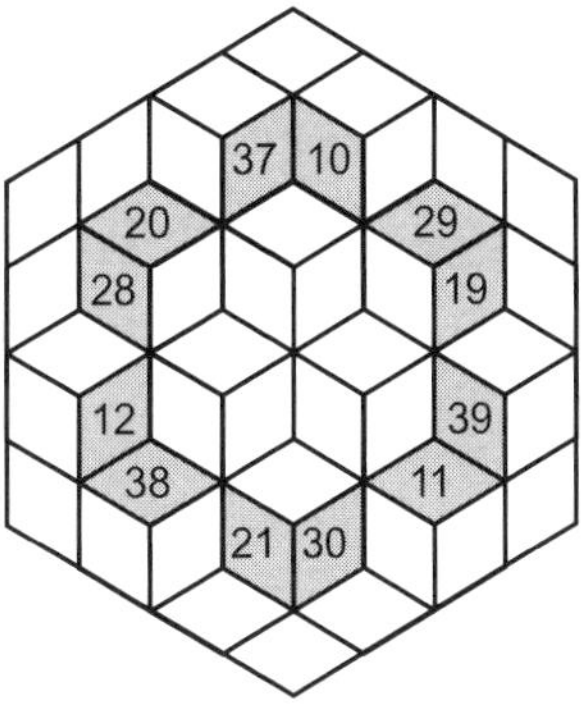

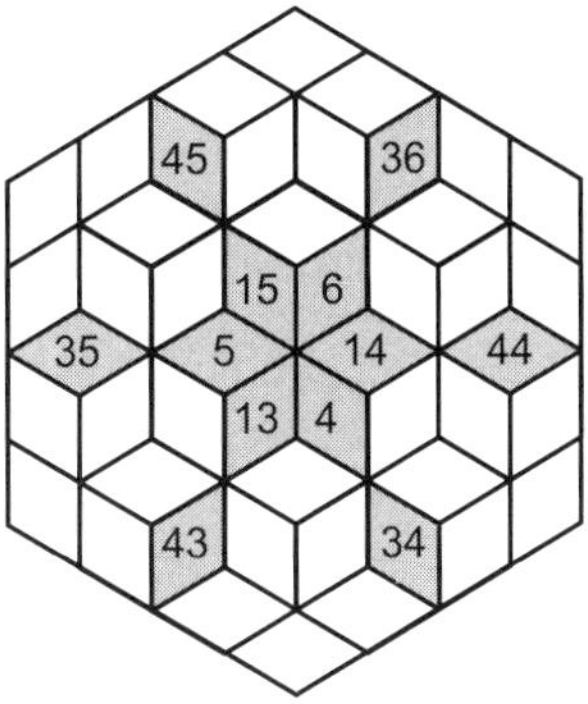

春の太陽
10 ＋ 28 ＋ 21 ＋ 39 ＝ 98
11 ＋ 38 ＋ 20 ＋ 29 ＝ 98
12 ＋ 37 ＋ 19 ＋ 30 ＝ 98

夏の太陽
34 ＋ 4 ＋ 15 ＋ 45 ＝ 98
35 ＋ 5 ＋ 14 ＋ 44 ＝ 98
36 ＋ 6 ＋ 13 ＋ 43 ＝ 98

マヤが外枠の部分に数字を入れると、それと呼応するように、氷の図書館は遼遠から中心に向かって徐々に解けてゆくようだった。同じ方角を向いている面の数字を足して98になる組み合わせを作りながらパズルを解くと、それぞれ、冬の太陽、秋の太陽、夏の太陽、春の太陽のような光を放っていた。

アルデバランの甲羅に目を移せば、そこには中心から放射状に伸びる六本の水路があらわれ、36個の凍りついた部分にも、うっすらと数字が浮かびあがってゆく……。

カメの甲羅の魔方陣

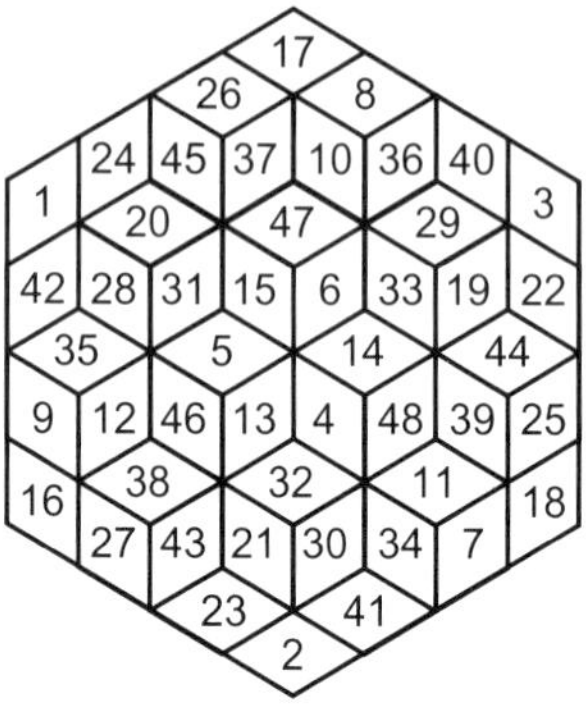

《レムリアの記憶》

広い視野であたりをうかがってみると、氷の柱はほとんど姿を消し、スッキリとした世界が拡がって、気のせいか、まわりの温度があがり、春の太陽の香りがした。水路には小さな魚が群れをなし、はるか遠くからは、イルカの声が聞こえている。

「あれ?」唐突にマヤは眼を瞑り、鼻をヒクヒクと動かして、あたりをうかがっていた。

「桃の香りがしない?」

鼻先を空に向けると、どこからともなく、甘ずっぱい香りが漂い、はるか彼方でピンク色の光が輝いている。

「アルデバラン、こっちだ!」マヤは風に向かって走り出した。

青い世界に、淡いパールピンクの光が見えるが、あれは、なんだろう? だんだんと、甘い香りが強くなってくるが、桃の花が咲いているのか。淡いパールピンクの光は輝きを増して、その光に向かって走ってゆくと、ついには、小高い丘のうえにある、一本の柱にたどりついた。柱の表面を触ってみると、それは氷ほど冷たくはなく、透明なクリスタルだった。

マヤに遅れてようやく到着したアルデバランは、丘のうえの大きなクリスタルを見て、瞳に涙をいっぱいためている。アルデバランは、しばらく話すことさえできなかったが、記憶の深いところから搾り出すような声を出していた。

「レムリアの……王。かつて、おつかえしていた、レムリアの王さま……」

小高い丘に立つ、クリスタルをしげしげと眺めてみたが、どこかで会ったことがあるような、この懐かしい感覚はなんだろうか。クリスタルを見て、そんな感情をいだくのは、常識的に考えるとおかしなことかもしれないが、たしかにこの光は、どこかで見たことがある。記憶を覆っていたヴェールを解き放つように、そのなかを覗くと、どこまでも透明な光のなかに虹がかかり、さまざまな景色が浮かびあがってくる。マヤはその情景を飽きることなく、いつまでもいつまでも見入っていた。

流れる銀河は悠久の時を刻み、向かいあう天使はマゼンタ色の光を紡いでいる。たてがみをなびかせ草原を駆け抜けるユニコーンの姿に、銀色の輪を描くイルカたち。微風（そよかぜ）が天空の竪琴を奏で、足元にはキラキラと輝くエメラルドグリーンの森が拡がっていた。ピンクの光とエメラルドグリーンに輝く光をベースに、さまざまな光が織り成す煌き（きらめき）は、いくつもの次元が重なり、このクリスタルのなかに、今もなお一つの王国が息づいているようにも見えた。

そして、目を瞑（つむ）りクリスタルに耳を当てると、星降る夜に聴こえる潮騒（しおさい）の音がした。かつて、どこかで聴いたことのあるような、懐かしい音色……。マヤは表面に刻まれた図形を指でたどり、なにか変化が起きないかと期待していた。


「レムリアの王さまは、お休みになっておる。まだ、お目醒めの時ではないのじゃ」

寝た子を起こさないように、アルデバランは声をひそめた。

「寝ている人を、ムリヤリ起こしてはいけないよ。時が満ちたら、王さまは自然に目醒めるのじゃ。その時がくるまで、そっとしておいておやり」


マヤは無言で、コクリと頷いた。

「でも、レムリアの女王は、どこにいるんだろう？」

どこからともなく、涼やかな風が吹いてきて、マヤの黒髪をゆらしたが、風はなにも語らず無言のまま過ぎ去っていった。


「レムリアの女王さまは、王さまと、いつも共にあるのじゃ。いつの世も、分かつことのできない、双子の魂……双子の太陽……なのじゃから」

双子の太陽……？　アルデバランは古代の伝説を伝える、語り部のような表情になって、遠い過去の話をひも解いてゆく。

レムリアの女王らしき姿がないか、マヤは周辺をくまなく探してみたが、小高い丘のうえには、透明なクリスタルが一本あるだけだった。その姿はまるで、たった独りで地球に立っている、一本の木のように、孤高なまでに気高い存在に見えた。

小高い丘からは、見渡す限りの青い海が見えていた。その風景は、かつてキプロスの過去世で見ていた、紺碧の海とよく似ている。

遠くの水平線を見つめていると、懐かしい旋律を無意識のうちに口ずさんでしまうが、その歌は、かつて、キプロスの賢者が教えてくれた「星の子守り歌」だった。

どこまでも透き通った声を発しながら、空と海に向かって歌うマヤには、自分の背後で起こりつつあることに、気がつくはずがなかったが、歌声にあわせてかすかにクリスタルが点滅をしている。その真ん中には、マゼンタ色の光が輝き、それは心臓の鼓動のようにかすかに脈動しているのだった。

「マヤ！」

アルデバランが、今まで一度も聞いたことのないような叫び声をあげている。慌てて振り返れば、アルデバランは手足をばたつかせ、口から白い泡を吹きながら、なにかを言おうとしている。一体アルデバランの身になにが起きたのだろうか。甲羅を見ると、それはまるで「水」という文字が、本当の水になってしまったように、六方向に伸びる線から水があふれだしている。

とっさにクリスタルのなかを見ると、なにかが息づきはじめているではないか。それは呼吸を繰り返すように、明らかに生命を帯びているのがわかった。少しずつ呼吸が大きくなり、連鎖反応的に、すべての色が目醒めだした。そして、マヤが歌っていた旋律にあわせて、クリスタルの柱がハミングをしている。

「まだ、早い。早すぎる！　まだ、レムリアの王さまは、お目醒めの時ではないのじゃ」

慌ててその色彩を止めようと、マヤはクリスタルに抱きついたが、止めることができず、歌声は段々大きくなってゆく。五線譜を後ろから読むように、星の歌を逆回転させて歌ってみたが、そんなことをしても所詮、無駄だった。柱のテッペンから光が放たれ、マゼンタ色とロイヤルブルーの色彩の、二本の螺旋がからみつき、天空に向かって高く高く伸びあがってゆく。

アルデバランとマヤはなすすべもなく、ただ呆然と、その様子を見あげていた……。

充満する虹色の煙が激しく震動すると、水は急激に溶けはじめ、頭のうえからバケツで水をかぶったように、ずぶぬれになった人が、クリスタルのなかからあらわれた。その人物は、水のしたたっている服を手で絞りながら、空をまぶしそうに見あげている。

「王さま……？」

アルデバランは、まばたきを何度も繰り返しながら、その人に尋ねた。

一言も聞き漏らさないように、マヤは全身全霊を傾け、次の言葉に耳を澄ましている。

「……ここはどこ？　あなたは誰？　ぼくは王さまなんかじゃないよ」

その声は、まだまだ子どもっぽさが抜けきれない、幼い少年の声だった。王さまでなければ、一体この少年は誰なのだろうか。

「この御方は、レムリアの王ではない。……王子じゃ」

誰にも聞こえないくらいの、小さな声で、アルデバランがささやいていた。

その響きを聞いて、マヤはいろいろと質問してみたくなった。どれくらい眠っていたのか、レムリアはどういう国だったのか、そして、レムリアの王はどこにいるのか……。

しかし、少年はなにも憶えていなかった。そう、なにもかも忘れてしまったようだった。この少年にとっては、レムリアなんてどうでも良いことのようで、それよりも、見るものすべてが珍しいらしく、小高い丘を転げまわり、無邪気な声をあげている。

「……王子はなにも憶えていないのじゃ。レムリアのことも、王のことも、そして、ご自分自身のことも……本当は自分は誰なのか、彼にはわからないのじゃよ。おそらく、目醒めるのが早すぎたからじゃ。すべてのことには季節がある。生まれるのに時があり、そして、再誕の時は、一番タイミングが難しい。変化や変容を起こすのに、もっとも重要なことは、時を読み間違えないことじゃ。変容の薄紫の炎は、わずかばかりの雨や風にもたえられない。繊細で、儚く弱いものじゃ。種をまく時期を間違えれば芽を出すことはできない。たとえ芽が出たとしても、雨風にはたえられないじゃろう。新芽は傷つきやすく、もろいものなのじゃ……」

マヤは、なすすべもなく、しばし沈黙に身をゆだねていた。

「……レムリアの伝説に、こういうものがある。『王子は勇気を持っている。王女は知恵を持っている。そして、王女から知恵を授けられた王子は、真の王となる』と。だが、レムリアの王女を探し出しても、王子と逢わせるのは、とても困難なことじゃ。なぜなら、時空がゆがみすぎていれば、目の前にいる相手と、言葉を交わすことさえできないからじゃ。

3次元的に見れば、普通に会話をしているように見える相手でも、虚しい言葉遊びに終始してしまえば、心の底からわかり合うことなどできないじゃろう。たとえ、王子に王女を逢わせても、時間軸が違い過ぎる相手とは、わかり合うことは困難なのじゃ。

愛しい相手が目の前にいるのに、薄いヴェールで仕切られたように時間軸がゆがみ過ぎていると、心を交わすことができないのじゃ。それはまるで、水晶のなかに閉じ込められ、互いの顔は見えても、この手に触れることも、言葉を交わすこともできないようなものじゃ」

「でも、なぜ、王女を探すの？　レムリアの王を探した方が手っ取り早いんじゃない」

マヤはアルデバランの言っている意味が良くわからなかった。

「よく聞いておくれ。レムリアという王国の記憶はすべて消え去ってしまったのじゃ。どこを探してもレムリアの王は見つからないじゃろう。なぜなら、レムリアの記憶を保持していたクリスタルは溶けて、記憶の海に流れ込み、残ったのはあの少年だけなのだから。わしらに残された道は、王を探すことではなく、王子を王に育てることじゃ。王にふさわしい人物に、彼をはぐくんでゆくことじゃよ」

「二人の時空が違い過ぎたら、言葉さえ交わせないというのに、王子に王女を会わせて、どうするの？」

そうマヤが尋ねると、アルデバランは悲しみにくれたような、どんよりとした瞳になって、石のように動かなくなっていた。アルデバランにも、どうしたらいいのか、わからないのだろう。1万3000年もの歳月を待ち続けていたというのに、王があらわれないなんて！

アルデバランの背後に視線を移せば、王子はアルデバランの甲羅をゲーム盤にして遊んでいる。合計が98になる配置は、まだまだたくさんあるようだった。本当のことを白状すると、マヤも彼と一緒にゲームをやりたかったのだが……

あてもなく、レムリアの王女を探しに行って、王子に知恵を授けてもらうよりも、この少年に、知恵を授ける別の方法を見つけた方が良いのかもしれない。

「王子が王になるために、知恵が必要だというのなら、宇宙図書館で勉強するというのはどう？もし本人が望むなら、わたしは彼を宇宙図書館に連れていくよ。アルデバランの背に彼を乗せて、宇宙図書館のエリア＃6と7の間に戻ることはできないかな？」


「……それは難儀な話じゃ」

アルデバランが言うには、使える水路は時空間のゆがみが激しく、初心者がワープするには適していないという。そこを無傷で通過するためには、強靭な肉体と精神力が必要なので、長い長い眠りから醒め、再誕したばかりの王子には、いささかリスクが高いのではないかと。

アルデバランの言うことは、もっともだった。なぜなら、レムリアの王子のオーラは、パウダースノーのように粒子が軽く、この世のものとは思えないくらい微細でこまやかな音がする。天使の羽根のようにやわらかい波動を持ったこの儚（はかな）い存在が、時空がゆがんだ領域を無傷で通過できるとはとても思えない。

エリア＃6と7の間は荒涼とした砂漠地帯なので、無防備な状態で近づくと痛い目にあう。身体の半分が砂に埋もれ、口のなかが砂だらけになっていた自分を、マヤは思い起こさずにはいられなかった。

長い長い沈黙が流れた。自分のしでかしたことの重大さに心が痛み、マヤは小高い丘のてっぺんに昇り、遠くの水平線を眺めていた。どうやって、レムリアの王子を、無事に宇宙図書館にまで送り届けたらいいのか……。今回は気ままな一人旅ではなく、生まれかわったばかりの幼子（おさなご）を連れてゆくようなものだから、細心の注意が必要だろう。

「そうだ！」イルカたちが描くシュプールを目で追っているうちに、ある閃きがやってきた。

「アルデバラン、いい方法がある。イルカたちに水先案内人になってもらおう。宇宙図書館にはイルカたちがいるから。彼らは陽気で遊び好きなので、いろいろな質問をすると、喜んで答えてくれるよ。それに、すべてのイルカはテレパシーで交信しているから、ここにいるイルカも、宇宙図書館につながる水路を知っているはずだよ。二つの世界に橋をかけるには、その狭間（はざま）に感情が流れている必要があるのなら、この水もすべての次元をつないでいるのかもしれない」

「おお、それは名案じゃ。イルカ族の頭脳と、その遊び心は、王子の教育に最適じゃ。しかし、おまえはどうやってイルカたちを、この氷の図書館に呼び寄せるというのかね？」

「それは簡単だよ。過去世でのわたしは、竪琴と歌声でイルカたちを呼び寄せたことがあるから。かつて、キプロスの過去世で、わたしたちは星の歌を賢者から習ったことがある。青い星の歌を歌うと、その歌声を聴きに、イルカたちが集まってくるんだよ」

マヤは小高い丘にたたずみ、長いあいだ水平線を見つめていた。そして、目を瞑り、天空の青い星の音に耳を傾けている。その音色の中心をとらえた瞬間に、青い星の音が頭頂からハートの中心に向かって真っすぐに降りてきた。ハートの中心で、その音を受けとめると、その音はだんだんと外に向かって拡がってゆく。その音色を追いかけて喉を共鳴させると、ハートの中心から光のバイブレーションがあふれ出し、まるで地球全体をつつみこむように大きなシュプールを描いてゆく。

目を瞑（つむ）り微笑みをたたえながら歌い続けるマヤの脳裏（のうり）には、キプロスの過去世が走馬灯（そうまとう）のように流れていた。小高い丘のうえに立ち、海を渡る風を感じていると、ベイリーフの香りと共に、キプロスの過去世での思い出の一コマ一コマが、鮮明に浮かびあがる。記憶のなかを吹き抜ける風は、光に満たされた情景を呼び起こしてくれた。

人は誰でも、今まで味わったことのある、もっとも素晴らしい感情のなかに、どんな望みも現実も呼び寄せられることをマヤは知っていた。それらの記憶を慈しむように抱きしめて、感謝を込めて解き放つと、抜けるような青空がどこまでも拡がり、そのカラッポのスペースに、イルカたちが集まって来る映像を、マヤはありありと思いうかべる。

ジャンプを繰り返す青いイルカたち。彼らの笑い声が、風のなかから聞こえている。銀色の輪を描きながら、イルカたちが段々と近づいて来る。脳裏に鮮明な映像を思い描きながら、マヤは星の歌を歌い続ける。イルカたちは、もうすぐそこまでやって来ている。ほら……

「ねえ。この歌、ぼく知っているよ」

一瞬、喉（のど）がつまり、マヤは声が出なくなってしまい、目の前にいる少年をシゲシゲと見つめているだけだった。その失われた旋律を引き継ぐように、レムリアの王子は星の歌の続きを歌っている。その声はまるで、天に真っすぐ伸びあがるような透明感あふれるボーイソプラノだった。

自分の名前も、レムリアという国のことも、レムリアの王も王女も、なに一つ憶えていない少年が、たった一つ憶えていたもの。それは、マヤが歌う星の歌のメロディーだった。その歌声を聞いて、マヤの心臓は小鳥のように震えていたが、大きく息を吸って、ゆっくりゆっくりと息を吐き、ようやく平静さを取り戻してゆく。

そして、水辺に目を移すと、すでにイルカたちが、水飛沫をあげながら集まっていた。王子はイルカの姿をみつけると、小高い丘から水路に向かって転げるように駆け降りてゆく。なぜ、彼が星の歌を知っていたのかはわからないが、ともあれ、なにかを思い出したということは良い兆しだろう。

水際ではイルカたちが「早く行こう」と、せかしているように見えた。レムリアの王子は、さっさとイルカの背に乗って、歓声をあげている。

「アルデバラン、あなたも一緒に宇宙図書館に行かない？」

マヤはふり向いてそう言った。

「わしは氷の図書館の守り手。古代の記憶を未来へと伝える語り部。そしてレムリアの墓守でもある。おまえがこの領域に足を踏み入れたということは、これから大勢の人々が大挙してここを訪れることになるじゃろう。集合意識の仕組みとはそういうものじゃ。そして、おまえのおかげで、レムリアの王子の帰還を待つという未来への希望もできた。わしは、気が遠くなるくらい長い間、ずっと同じことの繰り返しで、正直あきあきしていたから、新しい仕事ができて嬉しいのじゃ。さあ、行きなさい。レムリアの王子のことは頼んだよ」

「アルデバラン、わたしは、エリア#6と7の間の砂漠地帯を、緑と水のあふれる場所にしたいんだ。その時、また会いましょう」

「それは名案じゃ。砂漠はもう、こりごりだからね。

……それと、青い花が咲いていたら、もっと嬉しいよ」

アルデバランはウインクをして、いつまでもいつまでも小さな手をふっている。マヤとレムリアの王子は、イルカの背に乗って、颯爽（さっそう）と海を横切っていった。

《シリウスの海へ》

ターコイズブルー色の波間にゆらめく水路は、霧のヴェールに包まれ、どこからともなく幻想的な音楽が流れていた。薄いヴェールの向こう側で輝く白い光に向かって進んでゆくと、やがて宇宙図書館の中央広場から放射状に伸びる一本の水路につながっていた。このエリアは、あたたかい海に浮かぶ島が放射状に連なり、島と島の間には白い橋がかかっている。氷の図書館から、このエリアに向かう途中に、正八面体のゲートが回転していたのをマヤは見逃さなかった。ここはすでに宇宙図書館のエリア＃４の領域なのだろう。何度も繰り返し訪問している宇宙図書館だが、随分知らないことが多いものだとマヤは思った。

天空からは竪琴の音色が舞い降りて、燦々と輝く太陽と、目にまぶしい純白の建物が青い空に映えている。二人は大理石で創られたギリシア神殿風の建物に入り、このエリアのガイドがくるのを待っていた。その間も王子は落ち着かず、あっちこっち駆(か)けまわり、いたずらばかりしている。しばらくすると、青いイルカが悠々と宙を泳ぎながら近づいて来たが、この宇宙図書館にいる海の生き物は、水のなかだけではなく、宙を泳ぐこともできるのだ。

青いイルカの名前はシリウス。王子は必死にジャンプをしながら、シリウスのシッポにつかまろうとしている。シリウスは、からかうように輪を描き、王子の背中をシッポでくすぐると、王子はイルカのような声をあげて笑っている。

「この少年は、氷の図書館の奥に眠っていた、レムリアの王子です。わたしが星の歌を歌ったら、レムリアの記憶を保持していたクリスタルが溶けて、この少年があらわれたんです。でも、目醒めるのが早すぎたせいか、自分のことをなにも憶えていないの。レムリアという国のことも、レムリアの王のことも……。王子が王になるためには知恵が必要だと、アルデバランは言っていたので、彼に知恵を授けてください」

マヤは子どもの面談に来た父兄のような面持ちだった。

「いいでしょう。でも、きみはまだ旅の途中のようだ。われわれが、しばらく彼の面倒を見ることにしよう。きみも知っていると思うが、このエリアでは本人がほしいと思う知恵を授けることができるが、どんな知恵を受け取るかは本人次第なんだよ。われわれの合い言葉は、『遊ばせよ』だからね」

と、シリウスは言ったので、マヤは内心ほっとしていた。

「それと、目醒めるのが早すぎたせいか、自分のことをなにも憶えていないと、きみは言ったが、早すぎたということはないんだよ。なぜなら、目醒めとは神聖なプログラムにしたがっているのだから。

この少年のように、突然、目醒めてしまうケースが、今、いたるところで起きている。その要因とは、太陽の光であり、宇宙から降りそそぐエネルギー、また、それは地球の意志でもあるんだよ。

たとえ、太陽や宇宙から、目醒めのサインが発せられていても、それを受け取る意志が本人になければ、そのプログラムは作動しない。きみがいくら星の子守り歌を歌っても、彼にそれを受け取る意志がなければ、彼は決して目醒めたりしなかっただろう。変化の時は、タイムスケジュール通りにやって来るのではなく、送り手と受け手の双方の記号が合致した時点で、ゲートが開かれるんだよ。心の底からそれを受けいれようと思った瞬間が、まさにその時なんだ」

「その時」というタイミングがいつなのか、マヤには理解できたような気がした。

「きみ、何歳？」

シリウスは大理石の床ぎりぎりまで降りて来て、目線を低いところまで下げると、幼い子供に問いかけるような優しい声で、レムリアの王子に語りかけていた。

「……うーん」彼はしばらく考えていたが、「1万3013歳くらいだと思うよ」と答えた。

「きみは見かけに寄らず、随分ご年配のようだね。レムリアは、どんな所？　レムリアの王さまは、どんな人？」

どうやら、シリウス流の授業がはじまったようだ。なにか楽しいことが起きるのではないかと、遊び好きなイルカや海の生き物たちが、続々と集まってくる。

「ぼくは、レムリアもレムリアの王も知らないよ」

「じゃあ、海底に沈んだ王国のことを調べに行こう。そこに答えが、きっとある」

レムリアの王子も、イルカたちも、歓声をあげて大喜びしていた。レムリアがどんな国だったのか、マヤも知りたいと思ったが、しばらくは、シリウスとイルカたちに、レムリアの王子のことはまかせて、火と水の旅を続けることにしよう。

……火と水が織り成す奇跡を求めて。

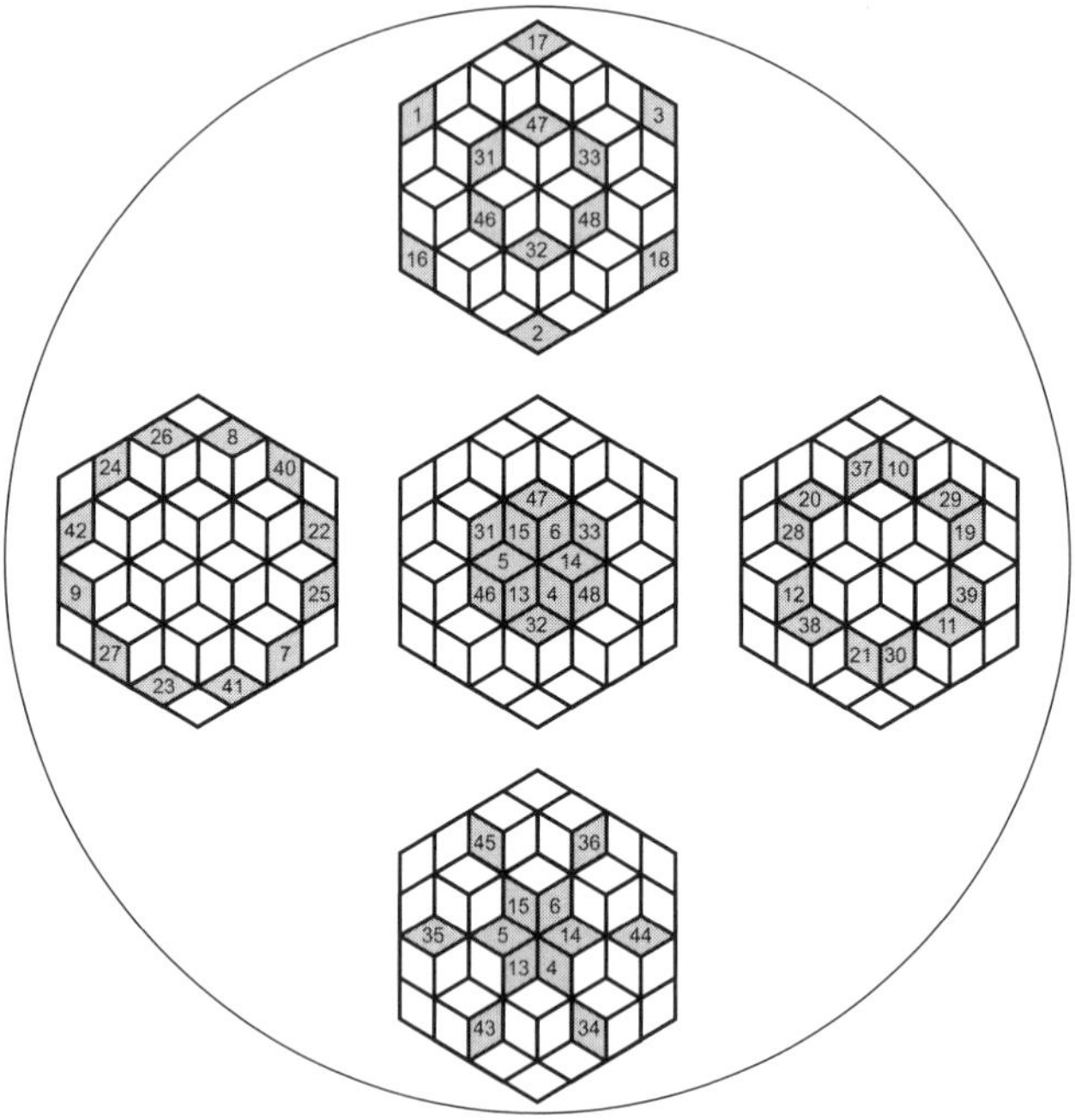

17
1
3
47
31
33
46
48
32
16
18
2
26
8
24
40
42
22
9
25
27
7
23
41
47
31
15
6
33
5
14
46
13
4
48
32
37
10
20
29
28
19
12
39
38
11
21
30
45
36
15
6
35
5
14
44
13
4
43
34

第3章　風のなかへ

《魂の閲覧所における新たな謎》

あたりには、若草色の草原が拡がり爽やかな風が吹き抜けている。
どんなに世界が変わっても、風は自由に飛びまわるのだろう。
風のなかには多くの人々の記憶や感情が息づいているようだった。
直接目には見えず、この手につかもうとすると、
指の間を、するりと抜けてしまうのに、
その息吹はまわりのものを目醒めさせてゆく。

風の音を聴いているうちに、「朽ちることのない杖」「封印された7つの珠」「すべてを映しだす透明な鏡」という暗号を解く前に「魂の閲覧所」と呼ばれているエリアに立ち寄ってみようという気持ちが湧いてきた。もしかしたら、「魂の閲覧所」には、レムリアの王の記録が残っ

ているかもしれない。

宇宙図書館のエリア＃9の領域には、「魂の閲覧所」があり、過去から未来にわたる詳細な個人情報が納められている。水晶からできたスクリーンやテーブルに、手の平をかざして自分の名前を発すれば、「個人の本」は自動的に出て来る仕組みになっている。他の人の情報を読みたい場合は、その人の名前と、場合によっては生年月日を加えると、本が出て来るのだが、その際、相手の許可が必要になる。それが、この図書館におけるマナーなのだ。その相手が目の前にいなかったり、故人の場合にも、その人の大いなる自己に許可を取る必要がある。

サーモンピンク色のエリア＃9のゲートをくぐり、水晶球の前で、レムリアの王の大いなる自己に、閲覧の許可を申請したが、ただ、「カテゴリーエラー」という赤い文字が点滅しているだけだった。この「カテゴリーエラー」とは、時代設定が誤っているか、名前の分類コードが不一致の場合にしばしばあらわれる文字なのだ。座標軸を設定しようにも時空の接続ポイントがわからないので、確認しようがなかった。

実はこの宇宙図書館は、約1万3000年前のデータが、ごっそりと抜け落ちているのだが、誰かが意図的に持ち去ったようでもあり、それはまるで、草木の生えない砂漠地帯にも似て、なんの痕跡も残されてはいない。ここで奥の手を使い、1万3000年という数字を倍にして、「2万6000年前」にフォーカスして、裏から読む「裏読み」という方法もあるのだが、なぜか、2万6000年前も著しく時空がゆがんでいて、読むことができない。また、1万3000年を半分にたたんで、「6500年前」のデータをスキャンしてみたが、その根拠となるものは、なんら見あたらなかった。

名前も生年月日もわからないし、これだけでは、個人の情報を検索するのは無理なのだろうか。今度は、「レムリアの王子」「19番の人」と言いながら、彼の面影をイメージして水晶球に送信すると、本の輪郭がおぼろに見えてきた。今にも朽ち果てそうな茶色い紙、表紙はところどころ虫にくわれている。こんなボロボロの本を読むのは困難なことだと思うが、とりあえずこの本を開けてみよう。

テーブルのうえに本を置き、おもむろに表紙を開いてみると、本のなかにはセピア色の時間が流れていた。陽炎のようにゆらめくセピア色は、時間軸がゆがんでいる時に流れ込んで来る色で、座標軸がゆがみすぎていて文字を読むことができない。正確に言えば文字を読むことができないのではなく、文字が書かれていないのだ。やはり、このゾーンの情報だけでは、レムリア時代の本は読めないのかもしれない。エリア#13にアクセスして、中央図書館や銀河図書館と呼ばれているところのデータを引っぱって来るしかなさそうだ。そう諦めかけて、本を閉じようとした時、ふと、ある図形が目に入った。

「あれ？　この図形どこかで見たことがあるけれど……」

マヤは閃いたように、自分の「個人の本」を引っ張りだしてきて、あるページを開けると、まったく同じ図形が刻まれているのを確認した。

「……なんでだろう？」

なぜ自分の本とレムリアの王子の本に、同じ図形が書かれているのか、その訳が全然わからなかった。もっとも、彼の本には図形だけが描かれ、それ以外の文字はなにもない。突然、閃いたように、彼の本の、他のページをめくった。そう、他のページにも、図形があるかもしれない。

「あった！」

彼の本のなかに、いくつか図形を見つけた。その時点でマヤは、もうそのパターンに気がついていた。同じ図形が、自分の本のなかにもあるということに。

「どういうこと？」

自分の本とレムリアの彼の本を重ねてみると、その図形はぴったりと重なった。しかし、レムリアは海の底に沈んだのではないのか？　年代を設定して、起きた出来事を逆引きしようとしたが、データがうまくダウンロードできない。それはまるで、左目で読む御伽噺のように、見えているものをうまく言語化できないのだ。

「ダメだ、時空がゆがみすぎている……」

二冊の本を持ったまま、マヤは「魂の閲覧所」の領域内を、うろうろと歩きまわっていた。頭のなかでは、いろいろな考えが渦を巻き、混乱状態に陥っている。まさか？　そんなわけはない。そんなことは認めるわけにはいかない。でも……。「個人の本」に描かれた、死の場面にあらわれる光と、レムリアの王子の「個人の本」が、まぎれもなく同じ光を放っていることを発見してしまったのだ。彼は一体何者なんだろうか？

マヤは個人の本を開き、一つ前の人生における死の場面を、何度も何度も振り返ってみた。馬の背にゆられ山道を降りてゆく時に見あげていた、抜けるような青空。そこは荒涼とした山岳地帯だったが、岩陰にゆれる小さな青い花を見て、「ああ、この星は美しい。でも、もう二度と戻って来ることはないだろう」と、ささやいたこと……。小さな青い花には異界の光がありありと映り、そして昇天の場面になると、見覚えのある青白い指先が迎えに来ていたのだった。

冷静に、冷静に、これは自分のことではなく、第三者の客観的な視点で読んでみよう。実験結果のように淡々とデータを読んでみたが、それでもこんなことは常識では認めたくはないが、レムリアの王子は過去の自分ではないかと思えた。

「落ち着け、落ち着くんだ。もっと冷静に状況判断をしてみよう」

マヤは自分にそう言い聞かせ、フローチャートを描いて図解をすることにした。

そもそも、この宇宙図書館は、過去から未来に渡るすべての記憶を記している。そして、その地下にある氷の図書館にも自分自身の記憶が眠っていた。そこに眠っていたレムリアの王子は、自分自身という可能性もあるという図式ができるだろう。

しかし、いまだに解けない謎は、凍りついたレムリアの記憶から、レムリアの王ではなく幼い少年があらわれたこと。そして、自分自身の過去のデータを読むと、レムリアの情報はなく、少なくとも、「3次元の地球」には転生していないような気がした。どこかに、データの読み間違いがあるのだろうか？

それとも、時間軸だけではなく、空間軸もゆがんでいるのだろうか？ レムリアは惑星地球の、3次元の空間にあったわけではないのかもしれない。では、そこはどこなのだろうか？ バラバラの点と点が、一本の線につながらない。

マヤは今すぐレムリアの王子に逢いたくて、いてもたってもいられなくなっていた。エリア#6と7の間を修復せよという暗号文なんてどうだっていい。そんな大義名分など捨て去って、自分の思いに正直に行動しよう。

レムリアの王子は、今、宇宙図書館のシリウスのところにいる。座標軸をわざわざ設定しなくても、そのエリアにアクセスするには、特定の図形をゲートにすればいいのだ。その図形とは、ピラミッドの地下にあるもう一つのピラミッド、鏡面ピラミッドと同じ「正八面体」の形をしているのだった。マヤはその図形に意識をチューニングしてゆく。

《中心への回帰》

宇宙図書館のエリア#4の中央広場には、緑の芝生が敷き詰められ、色とりどりの花が咲いている。天空からはオーロラのような虹色のヴェールが舞い降りて、遠くの海からクジラの歌声が聴こえていた。

マヤは中央広場のベンチに座り、瞳(ひとみ)を閉じてイルカのシリウスの名前を呼んだ。ここでも、正しい呼び方があるが、ハートにゼロポイントを創り、その空間で相手の名前を三度唱えるという法則はみな同じだった。実は、天使のたぐいというのは、正しい方法で名前を呼ばれたら、必ずその場所に行かなければいけないことになっている。なぜなら、呼ばれたらあらわれる、というのが天使の仕事だからだ。案外、その仕組みを知らない人は多いようだが、ルネッサンス時代のマヤは、その方法を使って天使を呼び出し、実際に天使の絵を描いていたのだった。

しばらくすると、甘く爽(さわ)やかなアップルミントのような香りが、どこからともなく漂い、知的な青い光と共に、イルカのシリウスが近づいて来る。イルカの顔を正面から見ると、オタマジャクシにも似て、かなり間が抜けた顔をしているが、その頭の形は、知能が高い人に特有の独特な角度を描いている。マヤはシリウスの身体にだきつき、頬ずりをしながら、その再会を喜んだ。シャープな流線形を描いているシリウスの身体は、あたたかい水が入った風船のように、ふわふわとやわらかく、すべすべしている。

「シリウス。やけに、人が多いけれど。どうしてこんなに、人がたくさんいるの？」

マヤは人ごみが苦手なので、少しひいた体勢で、あたりを窺（うかが）っていた。

「それも、妙齢な女性が多いと思わないかい？　女神や異次元の存在たちも大勢集まってきているけれど、なぜだと思う？」

シリウスはマヤの顔を覗き込み、いたずらっぽい目をした。

「それはまるで、春先に咲く、かぐわしい花のようなもの。その甘い香りに誘われて、人々は知らず知らずのうちに集まって来てしまう。うららかな春の眠りにも似て、とろとろと、まどろんでいるうちに、催眠術にかけられてしまうのさ。春先に咲く、その花は、色香をふりまき人々の理性を崩してしまう。本人にそんなつもりはなくても、人を惹きつけてしまうものは仕方ない。長く厳しい冬が終わり、ようやく春を告げる微風（そよかぜ）に、みんなそわそわと、色めきたってしまう。

そう。その人とは、レムリアの彼のことだよ」

「レムリアの彼……？」その名を口にするだけで、心臓の鼓動が高鳴った。

「彼はここで一体なにをしているの？　まさか、催眠術でも習得して、人に迷惑をかけているわけではないよね？」

気が動転しているのを察知されないように、マヤは急に怒ったような口調になっていた。

「そう慌てずに、心配しないで。レムリアの彼は、催眠術を習ったわけではなく、人をまどろみに誘ってしまうのは、そういう星に生まれついているのだから仕方ない。彼は他人のオーラや感情を渦潮（うずしお）のように吸い込み、それを色香に変えて、あたりにふり撒（ま）いているんだよ。しかし、どんなオーラや感情を吸い込むかによって、その香りの種類が変わってくる。香りも色も、周波数に変換できる。どの周波数を発するかは、その人次第なんだけれどね……」

爽やかな声とは裏腹に、シリウスは、やけに含みがあることを言っているではないか。

「彼は今、どこにいるの？　彼に今すぐ会わせてよ」

マヤはシリウスの眉間を睨（にら）みつけた。

そんなマヤの怒りなど、どこ吹く風のように、シッポをふりふり振りながら陽気に宙を泳ぐシリウスの後について、ギリシア神殿風の建物のなかへと入ってゆく。そこは天井が吹き抜けになり、はるか上空には青い空と流れる雲が見え、耳を澄ませばどこからともなく優雅な音が流れてくる。白い大理石の広間では、煌(きら)びやかな女性たちが歌ったり踊ったりしているが、王侯貴族でなければこんな贅沢三昧はできないだろう。その輪の中心をみると、うら若き青年が女性たちをはべらせている。丸みを帯びていたあごが、狡猾(こうかつ)なラインに変わり、その横顔は、あどけなさの残る少年という印象はどこにも残っていなかった。しかし、それはまぎれもなくレムリアの王子だった。宇宙図書館では本来の自分自身の姿が明らかになるといっても、いくらなんでも成長が早すぎやしないか？

マヤはしばらく彼のことを遠巻きに見ていた。それはたしかに目の前で繰り広げられていることなのに、映画のスクリーンをぼんやりと見ているようで、いくら手を伸ばしても、決してこの手に触れることができないほど、遠い存在に見えていた。なぜ自分はここに来たのだろうか。同じ図形が描かれていたからといって、なにを期待してここに戻って来たのか……。魂の半分を手放す際に味わうような空虚な想いが、遠い記憶の彼方でうずいていた。

「……彼はなぜ、あんな風になってしまったの？」

マヤは沈み込んだ声を出して、なかば諦めの境地でシリウスを見た。

「そういう年頃なんだよ」

……1万3013歳くらいだと思う、という彼の言葉を思い出して、マヤはますます落ち込んでいた。なぜ、ここには、約1万3000年前のデータがないのだろう。それは宇宙的アイデンティティに関わることのようにも思えた。きっと、どこかにこの時代の情報のバックアップがあるはずだ。エリア＃13に行けばわかるに違いない。どこまでも追跡調査をして、真相を確かめなくては……。

データの破損は、エリア＃６と７の間が廃虚になったことと、それまでは、地球の一年は３６０日だったことにも関係があるに違いない……なぜ、この惑星の一年は３６０日ではないんだろう。このゆがみは、どこから来たのか？　マヤはそんなことを延々と考えていた。

「マヤ、このエリアのルールはただ一つ。『遊ばせよ』だから、どんな生き方を選択しようが、その人の望み通りだ。贅沢に溺れようと、快楽に走ろうと、どんなに怠惰を尽くそうと、それは本人の望むままなんだ。すべてのことは、遊びだよ。悦びも苦しみも、すべての出来事は遊びで、どんな経験も遊びだ。きみたちの言葉に、『お隠れあそばされた』という表現があるけれど、死すらも遊びなのさ」

「……ねえ、シリウス。そんな言葉遊びはもういいから、本当のことを教えてよ。彼はこのエリアに来るには、まだ時期が早かったのではない？　もっと自己というものを確立してから、この領域に連れてくれれば良かった。自己判断がつかないうちに、好きなオモチャを好きなだけ与えてしまったような気がする」

お金では買えないものがあると知る前に、子どもに好きなだけ物を与えてしまった過保護な親のような心境になっていた。

「もし、きみが彼に対して罪悪感のようなものをいだいているとしたら、それは、うぬぼれというものだ。彼を子ども扱いしてはいけないよ。彼の大いなる自己は、すべてを知っているのだからね。たとえ、どんな小さな子どもにも、全知全能の魂が宿っている。そのことに対して、きみはもっと敬意を払わなくてはいけないね。魂と魂の交流をしようとするならば、子どもも大人も区別がないんだよ」

シリウスは眉間から渦巻きの光を発しながら、マヤの瞳にフォーカスをあわせ、時間軸を巻き戻しているかのようだった。


「マヤ、思い出して。きみだって、宇宙図書館にアクセスしたばかりの頃は、きっと彼と同じようなことがあったはずだ。われわれは、長い間きみのことを見てきたから良く知っている。ただ、それを咎める人が、まわりにいなかったまでだよ。

たとえば、きみはカメ、彼はウサギだと仮定しよう。人は他の誰とも、歩調をあわせて、共に歩むことはできない。ほんのひと時、一緒に歩むことはできても、あるところまで来たら、また離れ離れになって、一人で歩んでゆくものさ。しかし、目指すゴールはみな同じところなんだよ。離れ離れになった双子の魂も、いつかはきっと、ゴール地点で再び逢えることだろう。

人によって進化のスピード……歩みの速度は違うものさ。だから、この広大な宇宙空間で、めぐり逢えたことに感謝しよう。今はあせらず慌てず、彼を信じてあげなさい。

きみがあまりモタモタしていると、彼のスピードをもってすれば、一挙に追い抜かれてしまうかもしれないよ。きみは、彼より先に行っているつもりかもしれないが、実は逆かもしれないからね」


「たとえば、山の頂上を目指している人が、自分より低い位置にいる人を見て、自分より遅れていると思うかもしれないが、その人はもうすでに頂上を極めて、その帰り道かもしれない。どちらが先を行っていて、どちらが後なのか、表面を見ただけではわからないものさ。だから、きみは、自分の道を着実に歩むことだ。きみはまだ、旅の途中なのだから。

きみと彼の歩みの違いは、きみは眠ることなく、ずっと、うとうととしていただけなのかもしれない。夜が明ける前に起きてしまい、たった一人で孤独をかみしめながらも歩き続けてきたのかもしれない。彼はようやく長く厳しい冬から目が醒め、一斉に咲き誇る春の花のような、驚くべき飛躍力をもっているまでだよ」

シリウスの言葉を聞きながら、ある風景をありありと思いうかべていた。氷の図書館の一番奥にある小高い丘で、ピョンピョン跳ねまわるウサギが彼ならば、千古不易（せんこふえき）に図書館を守り続けてきたカメが、自分の真の姿なのかもしれないと……。

《言葉を彩る48音のリズム》

「ピー」という甲高い音が、左耳から入り、右の耳から抜けてゆく。耳鳴りに似たこの音は、次元が変わった時に聞こえる音で、この音に乗って、別のエリアにアクセスできるのだが……ふと、シリウスの方を見ると、頭のてっぺんから虹色の霧を噴水のように出しながら、不思議な音を発している。

「そう言えばマヤ……きみが宇宙図書館の掲示板に書いたメッセージのことだけど、あの文章では遠くまで伝わらないよ」

「それは、どういうこと？」シリウスも掲示板をチェックしているのだろうか？

「きみに、今まで非公開だった多次元の情報を教えておくよ。レムリアの人たちは、このことを知っていたけれど、今では使う人は少なくなってしまった。でも、これは宇宙共通のルールで、この方法でメッセージを託せば、時空を超えて多くの存在にメッセージが届けられる仕組みになっている。ハートの中心から真実の言葉を発しなければ、遠くまでは伝わらない、ということは知っているね。そして、願いごとは、直接ではなく間接的にすると効果があるというのは、言葉に我欲をのせないためだ。そんなことは、きみたちも経験としてわかっているだろう。でも、感覚的なことにとどまることなく、この仕組みを具体的な数値に置きかえて説明しよう」

角度の説明

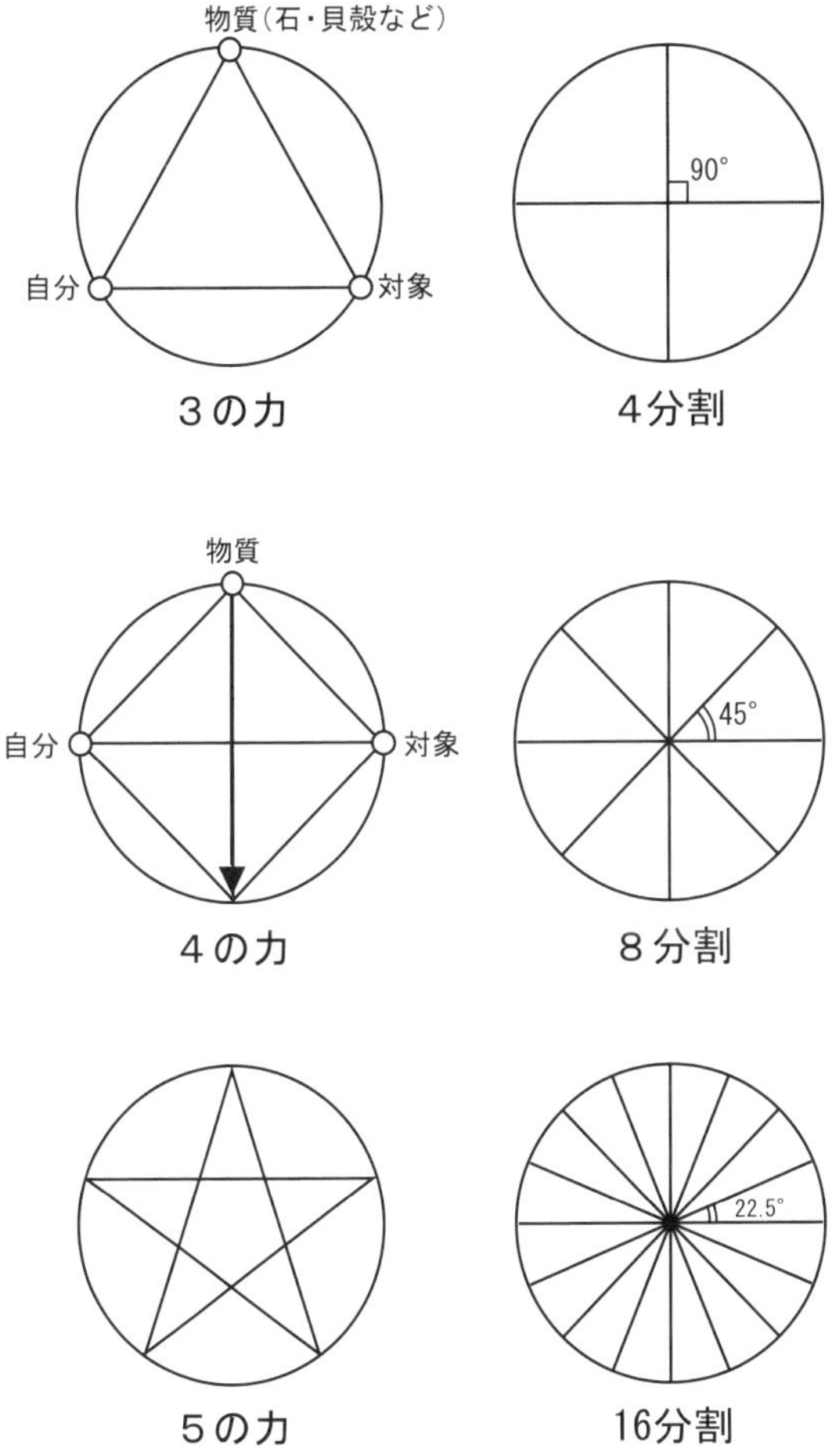

シリウスが言うイルカ族のメッセージの残し方とは、自分と対象のものを直接つなぐのではなく、両者の間に石や貝殻などの物質を置いて、そこにメッセージを刻み込んで、三角形を描くようにする。言葉を立体化することによって、内部の言葉は守られ、タイムカプセルの役目を果たすという。

その時の、角度とリズムが重要になり、厳密に言えばそれぞれの角度によって用途が違うらしいが、円を描いて4分割、8分割、16分割した時の角度、90度、45度、22．5度が重要だという。その角度を利用して、ハートの中心から超音波(人間の場合は「想い」)を発して、石や貝殻にメッセージをダウンロードするらしい。

そして、言葉のリズムは、「5・7・5」「5・7・5・7・7」であり、最後の「7」が決して字余りにならないようにとシリウスは忠告していた。それにしても、五七調のリズムで願い事を刻むとは、イルカ族のメッセージの残し方は、随分雅(みやび)な方法だとマヤは思うのだった。

「いいかい、マヤ。言葉には、リズムがある。この、5・7・5と、5・7・5・7・7のリズムは時空にスターゲートを設置する。特に最後の7は、決して8にならないように注意して」

「7が8になると、スターゲートは、どうなってしまうの？」

「それは良い質問だね。例題をあげて説明しよう。たとえば、最後の7・7のところを、7・8に変えて、実際に観察してごらん……」

マヤは石にメッセージをプログラミングして、実際に最後の7音を8音に変えてみた。すると、明らかにメッセージの「方向性」、ベクトルの向きが変わるのだった。

「いいかい。スターゲートは自在に開閉できる仕組みになっている。スターゲートを開ける場合は最後を7に、スターゲートを閉める場合は最後を8にする」

マヤはおもしろくなって、石にメッセージを照射しながら、スターゲートを開けたり閉めたりしてみた。

「5・7のリズムに慣れてきたら、このリズムを図形で説明してみよう。きみが今、使える音は合計48」シリウスは虚空に数字や図形を描き、その説明をはじめた。

球の魔方陣

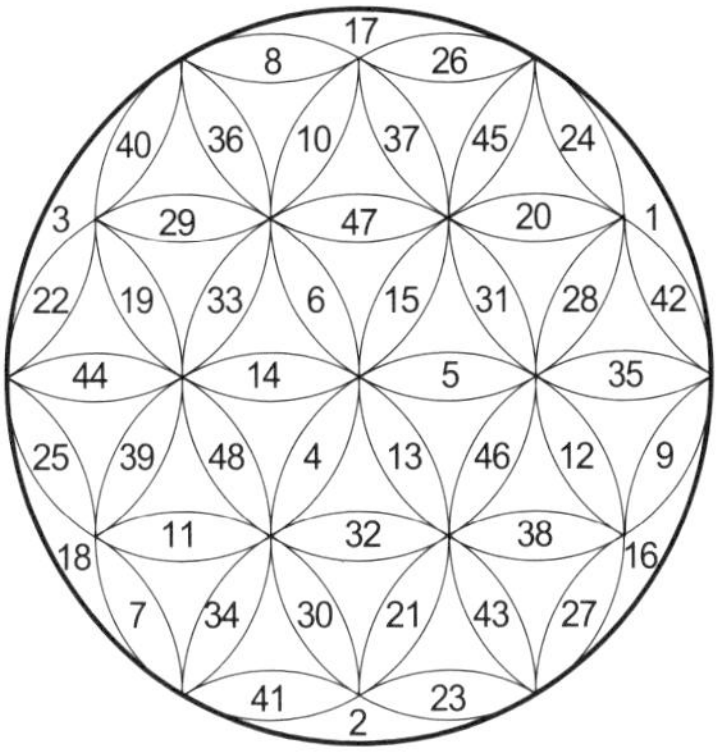

5 + 7 + 5 = 17

5 + 7 + 5 + 7 + 7 = 31

17 + 31 = 48

「この球の魔方陣は、ある意味で、アルデバランの領域の言葉であって、カメの甲羅のようにも見えるだろう。これは鉱物界と植物界、直線と曲線をつなぐ言葉でもあるんだよ」


「次に、イルカ族が使う表を作成してみよう。

まず、13×13のマトリクスを作ってごらん。

きみが現在使えるのは一番外側の枠の48マス。

きみはまだ、音によるピラミッドの、その底辺しか作れないということだ。

ここに、上の0から順番に、右まわりに数字を入れてゆく。

一列目は、0から12。右コーナーには、12という数字が入る。次は下に降りてゆき、一番下は、24。左コーナーは、36。そして上に戻り、頂上は48であり、最初の0でもある。

1から順番に、5・7・5・7と区切ってごらん。これを音階で示すと、5と6の間に失われた音があることがわかるだろう。これが、きみたちがレムリアの時代から受け継いできた、間というものだ。この透き間を使って、次元を行き来していたんだよ」


シリウスは、イルカ族が使っているという、数字のピラミッドと、音の鍵盤を図解して、一マスずつ、数字を入れてゆく。これは、数字と音によるピラミッドの設計図なのだというが、だんだんと立体に見えて来て、音と数字と言葉の関係が、おぼろげにつかめたような気がした。

音のピラミッドと48音の鍵盤

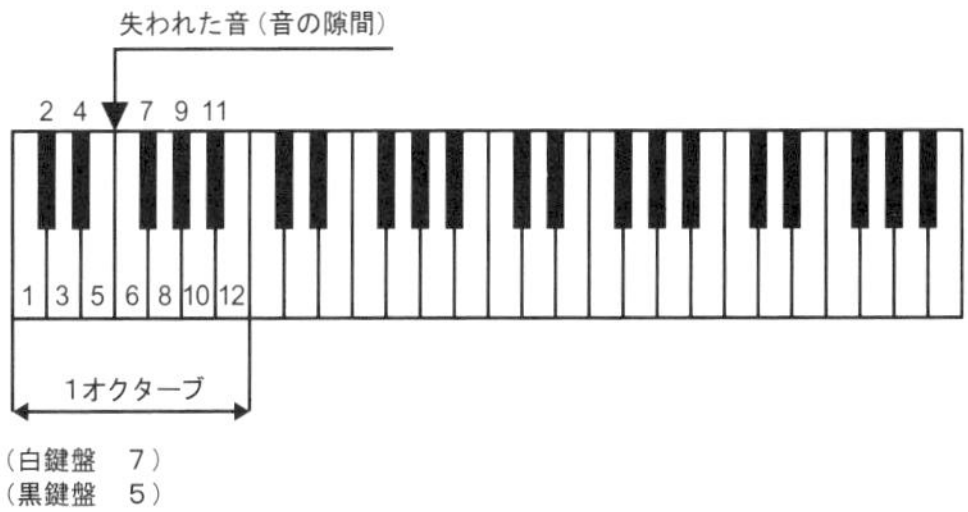

しかし、いにしえの人たちは、この五七調のリズムに、なにを託していたのだろうか？　これが、レムリアの時代から伝わっていた、宇宙共通のリズムだとしたら、かつて地上には高度な宇宙文明があったのかもしれない。

「この方法でレムリアの彼にメッセージを託せば、時空を超えて、相応しい時期に、彼はきみからのメッセージを読むことになるだろう。さあ、やってごらん」

マヤは石を拾いあげて、五七調のリズムでレムリアの彼に託す言葉を考えていた。どんな歌を詠もうかと、あらためて、彼を遠目に観察していると、ある疑問が湧いてきて、マヤは独りごとのような小さな声でつぶやいた。

「……それにしても、鼻にツンとくる香りがするのはなぜだろう。以前の彼は、みずみずしい香りがしていたのに……」

「さてさて、その質問は、きみが彼のどの層にアクセスするかによって、答えが違ってくるけれど、どのオーラの層がいいのかな？　彼の持っている宇宙的なエッセンスか、魂か精神か、感情体か、もっと肉体に近いレベルの話なのかにもよるけれどね。それとももう一つ、どの次元にも属さない、おまけ情報層もあるよ」

「もちろん、おまけ情報も含めて全部。全部教えて」

「了解。でも、どの層とつながるかはまかせるよ。まず、彼の宇宙的なエッセンスから読んでみよう。きみはオーラを音で感知しているようだから、われわれイルカ族の検索方式を使うよ」

《チャクラの音と空間ずらし》

イルカやクジラたちは、オーラフィールドを音によって検索するのだろうか？

シリウスは音を調律するように、甲高いクリック音を出していた。そして、額のアーチの中央から、レムリアの彼に向かって超音波を発すると、音は球を描き大きなシャボン玉のようになって彼の周りを取り囲む。一瞬にして、ホログラム映像に電源が入ったかのように、色とりどりの光が動きはじめた。

「きみの持っている暗号文のことだけど……封印された7つの珠。7つの「珠」とは、チャクラと呼ばれている回転する光の幾何学図形のこと。チャクラというのは、身体にあるツボのようなもので、その図形がゲートになって宇宙のエネルギーを送受信する」

シリウスが眉間から超音波を発すると、身体の中心軸にそって、下から順番に光の珠はクルクルとまわりはじめる。

光の珠のなかには黄金で描かれた幾何学図形が浮かびあがっていた。身体の中心軸に沿って出現した光の珠を一つずつ順番に数えてゆくと……心臓付近までは自分の目で直接見ることが出来たが、喉あたりにまでのぼってくると、図形が影絵のように投影されているだけだった。

そして、首からうえにある六番目と七番目の珠に関しては、直接その形を捉えることはできない。

光の珠に描かれた図形のうち、氷の図書館の柱に刻まれていた図形と同じ形のものがあるのはなぜだろうか？

そのことについてシリウスに尋ねてみると、チャクラと呼ばれている7つの珠に描かれている幾何学図形の音を再生させることによって、同じ図形が描かれた氷をも溶かすことができるのだという。音の共鳴によって氷を溶かすなんてこれは大発見だ！　しかも、封印された7つの珠は、目には見えない領域にまで高められ、自分の身体の中心軸に沿って並んでいたなんて。アルデバランに早くこのことを教えてあげたくて、マヤはうずうずしていた。今すぐにでも、氷の図書館に戻り、7つの珠を使って氷の柱を溶かしてみたいと思ったが、もう少しシリウスの説明を聞いてからの方が良いかもしれない。なぜなら、まだ、7つの珠が発する音について、正確にダウンロードできているわけではないので、シリウスの話を聞いてみることにしよう。

チャクラと呼ばれている光の幾何学図形に、シリウスが超音波を当てると、心地良い音が響き渡る。

チャクラは上の方に向かうにつれて、階段を昇るように音が高くなってゆく。

1（ド）、2（レ）、3（ミ）、4（ファ）、5（ソ）、6（ラ？）7（シ）というように……しかし、6番目の藍色のチャクラが、少し音程が外れているのは、気のせいだろうか？

藍色の珠といえば「藍い石は語り出す、いにしえの未来を……」という言葉をマヤは思い出さずにはいられなかった。6番目のチャクラの音が狂っていることと、エリア#6と7の間に溝があることと、なにか関連があるのだろうか。謎が解けそうで解けずに、マヤは首を左右にひねっていた。

シリウスはマヤの眉間めがけて、超音波を発射する。額の裏には、青紫色の雲がたちこめて、ひんやりとした冷たさを感じていたが、雲が晴れると左右の脳のバランスがとれ、中央にセンタリングされるような感覚を味わっていた。

「これで、調律終わり。封印された7つの珠といっても、べつに閉じているわけじゃない。ただ音程が狂っていて、ゆがんでまわっているだけのことだよ。ゆがんだ音を正すには、音の中心を探して、正しい音を聴かせること。誰でも生まれつきチャクラを持っていて、必要な時がくれば、ゆがみがなくまわり出すから心配しないでいい。目醒めのプログラムは、神聖なる宇宙のプログラムに従っている。星の光が正確な時を教えてくれるはずだよ」

「レムリアの彼のデータをスキャンしてみよう……」

シリウスが眉間から銀色の輪を発すると、レムリアの彼の頭上に、薄紫色の丸い珠があらわれ、それはまるで輝く王冠のように見えた。

「よく見てごらん。11個のチャクラが活性化されているのがわかるかな? 別の表現を使うとすれば、彼は11の銀河のアクセスコードを持っていて、自分のなかに11次元を持っている。下から順番に番号をつけるとすると、彼のチャクラは、3・4・5・6がかすかに動いていて、7・8・9・10・11・12・13番目のチャクラが、ゆがみなく綺麗にまわっているのが、きみにも見えるだろう。彼の頭上に燦然と輝くチャクラは、まるで、銀河に咲く一輪の花のようだ。でも、8番から上のチャクラは肉体のエリアにないから、銀河に咲く花は見つけにくいけれどね。いいかい、マヤ。おもしろい実験をしてみよう。現在、地上に生きている人の全データをスキャニングして統計を取ってみるよ……」

シリウスは球体のなかに座標軸を設定して、超音波を発した。目にもとまらぬ速さで光が駆けめぐり、データをスキャニングして統計を取って、そのパーセントが表示されるのだった。

「……現時点での、全地球人類は、1・2・3・4・5・6番目のチャクラが綺麗にまわっているのがわかる。そう、3次元に生きている人は、6次元までが通常のアクセス範囲だからね。これは、地球のチャクラとも対応しているんだよ」

それにしても、1から6までが活性化されている現代人。7から先が活性化されているレムリアの王子。この、6と7の間はなんなのだろうか？　そして、この暗号文が意味するところ、「エリア＃6と7の間を修復せよ」という言葉は、古代の叡智と未来の記憶をつなげることや、シリウスがいうところの地球のチャクラとも関連があるのではないだろうか？

「ねえ、シリウス。もし、レムリアの人とトランプの『七並べ』をしたら、現代人はレムリアの人に勝てそうにないよね……」

もし、このチャクラシステムをトランプ遊びの「七並べ」にたとえれば、6と7の間に溝があったら、6から1のカードは置くことができない。それにひきかえ、レムリアの人が持っている7から13までのカードは、簡単に並べてゆくことができるだろう。

「これは、勝ち負けではないんだよ」と、シリウスは言った。

「もし、誰かが6と7に橋を架けることができたら、きみだって5から1のカードを置くことができるようになるだろう。それよりも、なぜ、トランプ遊びの『七並べ』は、7からはじめると思う？」

「そうだね……7は、13の真ん中にあるから？」

マヤは1から13までのカードを順番に並べている様子を虚空にイメージしながら答えた。

「その通り。トランプは13まであることは誰だって知っているよね。その真ん中は7になる。

たとえば、きみは1番からスタートして、レムリアの彼はきみと同時に13番からスタートしたとする。そして、同じスピードで歩いてきたら、二人は7番で出会うはずだ。

1と13、2と12、3と11、4と10、5と9、6と8、そして、7と7。

宇宙図書館のシステムだって同じことさ。宇宙図書館のエリアは13まであるのに、12までしか存在しないと思いこんでいるところが問題なんだよ。だから、きみたちはエリア#6と7の間を渡れず、立ち往生してしまうのさ。数字で説明するとこうだ。

1と12、2と11、3と10、4と9、5と8、6と7。

磁石のN極とS極のように、同じもの同士は反発してしまうものさ。たとえば、きみは1からスタートして、①プラス↓ ②マイナス↓ ③プラスと交互に進む。レムリアの彼は12からスタートして、⑫プラス↓ ⑪マイナス↓ ⑩プラスと進むと、6と7は同じ極になるから反発してしまう。でも、13からスタートしたら、⑬プラス↓ ⑫マイナス↓ ⑪プラス……、6と7はプラスとマイナス別々の極になるから、磁石のように簡単にひっつくことができるんだ。

そう、6と7が抱えている問題は、磁石のN極とS極のようなものさ。それに、隣同士の数字はパワーが拮抗していて、いわば質量が僅差なんだ。ある程度距離を置かないと互いに理解ができず、近すぎて見えないこともあるのさ。

……それに、よく考えてごらん。トランプ遊びの『6．5並べ』なんてできないからね」

シリウスは陽気に笑っていた。

たしかに、数字と数字の間にカードは置けないので、「6．5並べ」はできないけれど……。「トランプは遊びだと思って侮ってはいけないよ。遊びのなかには宇宙の真実が隠されていることが多いからね。

それに、時間と距離が解決してくれることもあるんだよ。チャクラの音に関してもそうだ。イルカ族は互いの距離感というものを、反射する音で検索してゆくのだからね。さあ、それがわかったら、チャクラと音の関係についての話を深めてゆこう」

どうしても耳にひっかかる不協和音を感じたので、シリウスにその音について質問してみた。

「ねえシリウス……なぜ、途中で転調したように、音がずれているのかな？」

「きみは今、音がずれていると言った？

これは、チャクラの音だけではなく、きみたちの心臓や脳も同じ理由から、ある一定の場所より先は、ギアチェンジしなければ、踏み込んでも一挙に加速しないようになっている。突然、宇宙の情報が怒涛（どとう）のように流れ込んで、吹き飛ばされてしまわないように、水門を設置しているようなものだ」

「さあ、8番から上のチャクラの見方を教えるよ。一度知ったら、後はとっても簡単だからね。たとえば、きみがオーラを観る時、視界の端っこで色彩の踊りをとらえようとするよね。それは、レンズの端っこの『ゆがみ』を使っているようなものだよ。このことを、われわれは『空間ずらし』と呼んでいる。

この言葉は、きみにとって、とてもとても大切なものだ。このレクチャーなんか全部忘れてしまっていいから、たった一つだけ、『空間ずらし』の奥儀だけは、必ず憶えておいてほしい」

そう話すシリウスの顔から青年っぽさが抜けて、だんだんと長老のような風貌(ふうぼう)に変わってゆく。それに伴い、シリウスが発していたターコイズブルーの色彩が、深みのあるロイヤルブルーに変化するのだった。


「タイムマシーンの原理は、時間をさかのぼるのではなく、空間の『位置』をずらす。きみはすでに、時空を超えてタイムトラベルをしているのだから、なにも難しく考えることはない。実際に『空間ずらし』を体験してみよう。

よく観てごらん。チャクラの6番目までは、肉体のエリアにある。そして、7番目のチャクラは頭のうえに掲げた王冠のように見えるだろう。これは喩(たと)え話ではなく、頭上に輝く光は、その人の魂の輝きをあらわす冠(かんむり)なんだよ。

肉体のエリアにあるということは、座標軸が設定しやすいということ。8から13番目のチャクラはどうやって観るかというと、オーラを観る時、瞳のレンズのゆがみを使うように、音のゆがみを使うとわかりやすい。まず、7番目のチャクラの音をよく聴いて」

シリウスは7番目の光の珠に向かって、超音波を発した。すると、ラベンダー色の光は、懐かしい星の歌を歌いはじめ、どこからともなく、涼(すず)やかなライラックの香りが漂ってきた。

「いいかい、マヤ。その音程を正確にダウンロードしたら、その音の中心を探して、球を作っておく。丸いボールのなかに音が入っていると想像してみてもいい。そして、ボールの上から下に垂直に線を引いて、音を前後にずらしてごらん。

右側の半球が後ろにさがっても、左側の半球が後ろにさがっても、どっちでもいいよ。左右の音がゆがんで、不協和音を創り出すその直前に、左右の音がパカッと割れて、真ん中に光の道ができる」

マヤは自分の頭の上に丸い珠を想像して、中心軸を取り、音を前後に動かしてみた。突然、ブーンと低く湿気を含んだ音を響かせながら、白い光が頭の中心から上空に抜けてゆくが、それはまるで、レーザー光線のように、真っすぐにどこまでも伸びている。

「そう。今きみがやったことが、『空間ずらし』だよ。

言葉で説明するより、実験してみた方が簡単だ。空間ずらしには二種類の方法がある。きみが今やったように、音を前後にずらす方法と、もう一つは、音を上下にスライドさせる方法だ。

まず、左右の耳から音をよく聴いて、右の耳から入って来る音は、身体の下の方に向かって降りてゆくようにイメージしてごらん。そして、左の耳から入って来る音は、上に向かって伸びてゆく。音が遠ざかり、もう聞えなくなりそうな瞬間に、額の真ん中あたりに、次元の裂け目ができる。これが縦形式の空間ずらしだ。

音を球体としてイメージしにくい時は、こちらの空間ずらしの方が簡単かもしれないね。図形を立体で考える人は球体で、図形を平面で考える人はスライド方式でやってみるといい」

「空間ずらしの方法は、もうわかったね。すべての次元は、真ん中を貫く光の道でつながっている。この光の道は、銀河の中心にある太陽を通って、他の銀河にまでつながっているんだよ。この光の道のなかは、ゼロポイントになっている。ゼロポイントを筒状にして、銀河の彼方まで伸ばしたものが、光の道だと思ってもらってもいい。7番目のチャクラを一旦ずらして、その中心を貫通してしまえば、あとは簡単だよ。音の階段を昇るように、8番から順番に13番まで昇ってゆくから、よく聴いて」

音域がだんだんと高みへと引きあげられるにつれて、今まで出なかったオクターブも、軽々と歌えるようになってゆく。8番目のチャクラから13番目のチャクラまで、音の階段を昇るように、一気に翔(か)けあがってゆく様子は、時間も空間も消滅して、肉体や思考までもが、音のなかに溶けて、自分が音そのものになってゆくようだった。

どのくらい時間がたったのだろうか。空白の時空を漂っていたので、時間の感覚はまったくなくなっていたが、耳を澄ませば「星の子守り歌」のなかに、シリウスの声が共鳴して懐かしいハーモニーを奏でていた。

「……頭のてっぺんにある7番目のチャクラから数えて、頭上には7つの層がある。7人の門番、7つの扉、7つのゲートを突破しなくては、宇宙の深みにはたどりつけない。そして、ここから先が重要だ。音によるスキャニングをするから、感覚を研ぎ澄ましてよく聴いてごらん」

音によるスキャニングとは、今まで一度も見たことも聞いたこともない方法で行われていた。シャボン玉のような球体のなかに、五種類の透明な立体があらわれ、各々の立体の中心点が、球の中心に重なっている。そして、外側の立体から順番に超音波を当てて、その反射音によってオーラを検索してゆくのだった。

反射した音は色彩を生み出し、多面体のそれぞれの面にステンドグラスを施したように鮮明な色があらわれる。それはまるで、万華鏡（まんげきょう）に映る平面の世界を立体に立ちあげ、すべての層が透明に透き通り、多次元的に世界を観ているかのようだった。しかも、五つの立体はミラーボールのように回転を続け、光と音と色を放射状に放っている。

目の前で繰り広げられる世界は、細部まで計算し尽くされた均整美に満ちているが、それは決して無機質なものではなく、優雅でやわらかい、光と音のファンタジーを見ているようでもあった。絵にも描けないようなその情景を、言語で再現しようと思っても、所詮、言葉は脆弱（ぜいじゃく）すぎる。ただ、この情景を味わっていると、時間が完全に止まってしまうのだ。地球を覆っている大気圏を突き抜けて、時間のない無限の世界、重力のない虚空の世界に意識が飛んで行ってしまうようだった。

「ここで気を失っている暇はない。レクチャーを続けるよ。この五つの立体は、きみをとりまく五つの層をあらわしている。きみは3次元の肉体にだけ存在していると思っているかもしれないが、肉体をつつみ込む五つの層に同時に存在している、多次元的な存在なんだよ。

まず、一番外側の層にフォーカスしてみよう。一番外側は宇宙的なエッセンスが含まれているから、感覚を研ぎ澄まして、全身全霊で感じてみてほしい。その音を、色と形と香りと感情に変換してもいい」

耳を澄ませば、閉じた世界のなかを、かすかな呼吸を繰り返すように、微細な音が鳴り響いていた。その音は同じ幅のひだを幾重にも重ねて、光のウエーブを織り成しオーロラのように舞っている。しばらくすると、右上の方から一筋の光が射し込み、キラキラと音が舞い降りて、その音は金と銀の細かい粒子になり、足元にうっすらと降り積もってゆく。

「そう、この音は宇宙的なエッセンスを含んでいる。彼の宇宙的なアイデンティティを読み解いてみると、彼の宇宙的な使命は、ありとあらゆる、さまざまな銀河の情報を、この銀河にもたらすことにある。

彼の一番外側のオーラをよく観て。正確に言えば11の銀河と、この銀河プラス1で、12のコードを持っているのが見えるかな？　きみの宇宙図書館は、この銀河のなかだけの知識で、外の銀河に行くには、他のアクセスコードを使わなければいけないよ。なぜ、彼のまわりに大勢の人が集まって来るのか、宇宙的な視点で解釈すれば、さまざまな銀河の情報がキラキラと舞い降りて来るからだろう。なかには、そのキラキラした破片を拾いたくて、彼のそばに集まって来る人もいるかもしれないね」

今すぐ彼のところに駆けよって、銀色のかけらを拾いたいとマヤは思っていた。

「マヤ、ちなみに、きみの一番外側のオーラをスキャニングしてみると……」

シリウスは眉間から超音波を出して、マヤのまわりに大きなシャボン玉を作ると、五つの立体の中心点が、ハートの真ん中にセンタリングされてゆく。シャボン玉のなかは、羊水のようにあたたかく、なにも怖いものはなかった。

「宇宙的な層には、彼と同じ記号が刻まれている。ということは、きみも潜在的には、11の銀河にアクセスするコードを持っているわけだ」

「へえー、でも、どうやって作動させるんだろう……」

マヤは一番外側の層に刻まれた図形をしげしげと観ていた。そのなかには、なぜか「個人の本」に刻まれていた図形と同じ形の物があったが、銀河のアクセスコードと、「個人の本」の図形は関連性があるのだろうか？

「しかし、このコードは一人では安全に作動できない仕組みになっている。もしかしたら、きみは一人で扉を開けられるのかもしれないけれど、扉を開けてその世界に入ったとしても、きみは元の場所に戻って来られないだろう。なぜなら、帰りの扉を、きみは開けることができないからだ。

彼ときみが持っているコードは、いわば扉の表と裏の関係だ。宇宙図書館の扉には、『汝自身を知れ』『汝自身で在れ』と書いてあるように、どちらか一方の文字しかなければ、自分の閉じた王国のなかの出来事であって、とても宇宙レベルの仕事とは言えないんだよ。扉は開けられても戻って来られないか、帰り道は知っていても扉を開ける方法がわからない。

この二つが聖なるバランスを保った時、スターゲートが開かれ、どの銀河にもアクセスできるというわけさ。すべての銀河をつないだ宇宙の図書館から、この銀河の図書館になり、太陽系だけの図書館、そして惑星地球の図書館というように、だんだんと検索範囲が狭くなってゆく。

エリア#6と7にあてはめてみると、6次元までは保護者が必要なお子様の領域で、いうなれば、扉の一方しか持っていない状態ともいえる。そして、7次元以降は、二極性を自らの内に掌握して、自在に自己創造できる領域だ。

まあ、今までの惑星地球では、自分勝手な行為が許されてきたが、これからはもっと銀河レベルの大人になって、きみたちは大いなる宇宙の創造に参加することになるだろう。それが、進化というものだよ……」

吹き抜ける春風のような声で、シリウスは話を続けた。

一番外側の層から、内側の層に向かって、宇宙的なエッセンス、個人の記憶を超えたスピリチュアルなレベル、すべての転生で持ち運んでいる魂の記憶、個人的な感情、そして身体に近い層の話になる。そして、すべての転生で持ち運んでいる層には、氷の図書館の小高い丘に立っていた、クリスタルのなかの映像と同じものが流れていた。

その映像を追いかけ、海を渡る風を感じていると……草原にはユニコーンが走り抜けている。木陰で羽根を休める天使たち。湧き出す泉のほとりには青い花が咲き、どこまでも穏やかな空気が流れていた。すべてがつながっているような一体感。そこには分離や孤独はなく、安らぎにつつまれていた。

脳裏には、ふと、ある記憶が甦っていたが、そこは地球ではないのかもしれない。たとえ地球だとしても、いつの時代の地球なのだろう。これが、約1万3000年前に海底に沈んでしまったレムリアという国の姿なのか、はたまた地球の遠い未来のような気もしてきた。

マヤは時空のゆがみに捕らえられて、今にも眠ってしまいそうになっていた。それはまるで、縦糸と横糸が織り成す光のグリッドが、ある部分だけ曲線を描き、揺りかごのように身体をつつみこんでいるような感覚だった。

「そう、どの次元にも属さない情報とは、時間軸と空間軸のゆがみについてだ。まず、彼の身体の周りにあるシャボン玉のなかに、縦、横、前後に伸びる三本の線を設定してごらん。そこに目盛りを入れてみれば、彼が今この場所にいることの違和感、別の言い方をすれば、彼の時間軸が合っていないことがわかるだろう。彼がなぜ、図(はか)らずも人々の注目を集めてしまうかといえば、それは彼の時空がゆがんでいるからだ。彼は遠い過去から来た人であり、そのくせ未来の人のようにも見える。

実を言うと、彼は時空を自由に行き来できるという、たぐい稀な才能を持っていることがわかったんだ。時空を旅する者の図形が、彼の背後に輝いているのが見えるかい？」

マヤは眼の焦点を後ろにずらし、耳を啓(ひら)いて、彼の背後にある図形を検索したが、それは「個人の本」に刻まれていた図形と同じ形をしていた。

「彼の時空には一貫性がなく、そのゆがみが人々を惹きつけているのだよ。きみだって、目の前に苦しんでいる人がいたら、助けずにはいられないだろう。時空のゆがみの音を聴いてごらん。それは捨てられた子ネコの泣き声か、迷子になって泣いている、はぐれイルカの声がするから」

シリウスは眉間にしわを寄せ、月に歌うクジラの声のような音を発していた。漆黒の闇に冴え冴えと輝く細い月は、天にあいた裂け目のようにも見え、その透き間から故郷の星に向かって助けを求めて泣いているような、物悲しい声がする。

「彼はまるで、宝の山に座っている迷子の子ネコのようだ。その子ネコは宝物をいっぱい持っているので、彼のまわりには次元を超えていろいろな存在が集まって来る。もちろん、多くの存在は彼をサポートしようと集まって来るが、なかには宝物を盗もうとする存在もいるかもしれない。でも、子ネコはまだ目があいていないから、自分の周りでなにが起きているか、本当のことはわからないんだよ。子ネコのなき声を聴いたら、たいていの者は、なにがあったのか心配になり、自分にできることはないかと考える。時空がゆがんでいる人が目の前にいたら、人は無意識にでも手を差し伸べてしまうものだよ。きみだってそうだ」

「彼のどの層とつながろうと、宇宙のどの層とつながろうと、それはきみの自由だよ。同じ図形を持った者同士が、同じ空間に存在するということは、この宇宙において、もっともスリリングな体験なんだ。なぜかというと、引き合う二つの力は、無限の可能性を秘めていて、奇跡を呼び寄せられるからね」

「きみたちは、二極性を体験している、もともと一つの魂だ。きみは彼のどの次元にもコネクトできる。彼のどの部分につながるかは、きみ次第だからね。さあ、彼のところに行っておいで」

シリウスは細い口先で、マヤの背中をトンと押して、人の輪のなかへと押しやった。

《時空を超えてめぐり逢う魂》

マヤは少しよろめきながらも、人垣をかきわけ、レムリアの士子に向かって、真っすぐに歩いて行った。もうすぐ、彼に逢えると思うと、手の平が少し汗ばみ、金色の粉が浮かびあがるのだった。

「あら、あの人は誰？」「彼女はマヤ」「王子のお母さんかしら」「じゃあ、彼女がレムリアの女王なの？」「それは、ありえないわね」「眠っていた彼を、ムリヤリ叩き起こしたらしいわよ」「まあ、ひどい人ね……」

そんな、ひそひそ声が聞こえていたが、心のなかにある図形を相手にあわせなければ、どんなウワサ話にも影響されることはない。そのレベルより、高い層に昇ってしまえば、どんな誹謗中傷も、かすることなく通り抜けてしまうものだ。

王子はマヤの存在に気がつき、軽やかに立ちあがる。少しはにかむようにマヤは笑っていたが、ツンと鼻につく匂いが、目には見えないヴェールのように二人の間を隔てている。不自然に離れた位置から、瞳の奥に描かれた文字を読もうとするが、彼の瞳は以前よりは霞がかかっているように見えた。しかし、その奥でゆらめく炎は何度生まれかわっても変わることがない。

瞳の奥に輝く暗号、魂の刻印はマヤの持っている図形と同じだった。

「エリア＃9の『魂の閲覧所』に行ってデータを調べてみたら、きみとわたしの個人の本には同じ図形が刻まれていた」マヤは唐突に話しはじめた。

「この意味を追求することは、きっと、きみにも関係があると思う。この図形の意味を解読すれば、レムリアの王のことも、レムリアのことも、そしてきみのこともわかるかもしれない」

「そうですか。それは良かったですね」王子は瞳のなかの図形を、ピシャリと閉じた。

「あなたの個人の本にどんな図形が刻まれていようが、それはあなたの自由だ。あなたが図形にどんな解釈をつけようと、それは自分には関係がない。しかも、レムリアのことだって、自分はなにも憶えていないんだ。レムリアの王子だなんて絵空事のようなことを言われても、憶えていないものは、対処のしようがないよ」

その態度は心のなかに城壁を築き、他者の侵入を拒んでいるかのように見えた。ふわふわの羽根のようにやわらかかった彼の心は、鈍い光を放つ鋼鉄の要塞のように固くなっている。

「……たしかに、きみの言う通りかもしれないよ。でもね、この図形はなにかを思い出す手がかりになるかもしれないでしょ？」

「なにかを思い出す必要があるのですか？　思い出は、思い出。過去は、過去だ。自分はここで、多くのことを学びましたよ。過去のデータを、ただ振り返るような勉強は、もう終わったんだ。

約1万3000年前に、なにが起きたのか僕にはわかりましたよ。その出来事によって、地球の一年は約5・25日長くなり、360日ではなくなった。それにともなって、人類の意識は二分化され、心は二つの相を持つようになった。脳の機能は左右に分断されて、互いの言語が理解できなくなった。そして、地球人類は、高次の自己とつながることが困難になったままでだ。

現代の地球人類は、二元性を体験しているようだけれど、それは悪いことでもなんでもない。そこから新たな創造のパターンがはじまっただけで、宇宙的な視野に立てば普遍的なサイクルのなかにあり、これも進化の過程の一つなんだよ。

必要なのは、知識を際限もなく求めることではなくて、それをどう実践してゆくかなんだ。どんなに高い理想を掲げても、日々の生活に役立たなければ意味がない。過去に通用した知識も、時がたてば役に立たなくなるものだ。

遠くに過ぎ去ったものに執着をいだいていても仕方がないじゃないか。ここには、今という時しかないんだよ。自分は今この生活に充分満足している。見てよマヤ、この優雅な暮らしを……」

彼は両手をひろげて、ご満悦の表情であたりを眺めていた。

「ほしいものはなんでも手に入るし、なんだって好きなことができる。だから、あなたのように、どこかに行こうとか、謎を解き明かしたいとか、自分の本当の故郷を探そうなんて気には到底なれないのさ」

　次元の壁が氷のように固くなり、息を呑むような沈黙が流れていた。深夜0時の森の湖にも似て、あたりはヒッソリと静まり返っている。鏡のようにピンと張り詰めた水面（みなも）に、誰が最初に石を投げ入れ、この沈黙を打ち破るのか、物言わぬ観客たちは、固唾（かたず）を飲んで見守っている。

「きみが、本当にそれでいいのなら、わたしは別にいいけれど、宇宙の目的や、魂の目的にかなった生き方をしなければ、いずれ空虚になるだけだよ。それに、宇宙図書館の個人データを読むと、きみとわたしのデータが重なっている。きみは過去のわたしじゃないかなと思うんだ。そのことについても確かめなくては。わたしは、きみのことをもっと知りたい」

　マヤは彼のハートの中心にフォーカスして、その氷を溶かそうとした。どうか彼の大いなる自己に、魂の層にまで、この光が届きますように……。

「マヤは、なんで、そんなことを知りたいの？　自分はカラッポの人間で、他人に見せるものなど、なにもない。あなたは鏡に映った自分の姿を、他者のなかに見ているだけではないのですか。あなたは、自分の願望や理想を他者に投影しているだけだ。

それに、なぜ過去のことなんか知りたいの？　過去を知ってどうするの？　そんなの、どうだっていいことだよ。だって、過去を知ったところで、過去に戻ることはできないし、過去を書き直すこともできない。

あなたは、未来から来て、なんでも知っているような顔をしているけれど、そういうあなたは、宇宙の目的や、魂の目的にかなった生き方をしているのですか？　宇宙の目的なんて大袈裟なことを言われても、自分には理解できないよ。それに、空虚ではない人が、自分の本当の故郷なんか、探しに行こうとするものだろうか？　孤独でない人が、大義や使命のために、自分自身を犠牲にしようとするの？　人生に使命や目的なんかないし、ましてや宇宙や魂に目的があるなんて思えないよ。自分はただ、ここで、今を楽しく生きるだけさ」

王子は踵を返して去ってゆく。取り巻きの女性たちが、マヤに向かって冷たい視線を投げかけて、口汚い捨てぜりふを吐いていた。それを聞いた王子は、思い出したように振り返り、再び戻って来て、マヤの瞳の奥を射抜くような視線を投げかけていた。

「……マヤ、未来なんて、どこにもないんだよ。

なにかをはじめる時に、明日からやろうとは僕は思わない。明日からではなくて、今この瞬間からはじめなければ、明日はいつまでたっても、明日のままだ。この手でつかもうとしなければ、未来はいつだって、未来のままなのさ。だから、僕は僕の好きにさせてもらうからね」

マヤはしばらく沈黙していた。

「わたしは自分の心のなかが空虚なことを否定はしない。その空虚な穴を埋めるために、なにをしたらいいのか知りたい。人にはそれぞれ、魂の目的があると、わたしは信じている。同じ図形が刻まれている本当の意味を知りたいし、それに、わたしは宇宙の真実を知りたい」

「宇宙に真実なんてあるんですか？

それは、あなたの真実であって、僕の真実ではないでしょう。それに、あなたの探している真実以外のものは、真実ではないとでもいうのですか？　太陽も月も、流れる雲も、風にゆれる花々の香りも、今ここにあるすべての感覚を、あなたは真実ではないとでもいうのですか？

それに、時間だって同じことだ。あなたの時間と、僕の時間は、同じものとは思えない。この宇宙には、あなたの思っているような、真実も、時間もないのかもしれないよ」

「その可能性は否定しないけれど……」

自分のチャクラが夜露にぬれた花のように萎んで、そのポイントがだんだん下に降りてくるのがマヤにはわかった。このままでは、下位の層で彼とつながってしまう。

「過去も未来も変化するものであって、時間なんかどこにもないのかもしれない。でも、目の前にある現実として、わたしにわかっていることは、氷の図書館では、アルデバランが、きみの帰還を待っているということ。レムリアの王子は、レムリアの王女から知恵を授かり、王になるとアルデバランは言っていた……」

「ねえ、マヤ……」

彼はマヤの言葉を遮り、深いため息をつきながら、遠い眼をしてなにかを見つめている。

「僕は誰も救うことなんかできないよ。それに、そんなことをするつもりもないし、ましてや、誰かに救ってもらおうなんて、考えてもいない。自分を救えるのは、結局、自分だけなんだ。自分がしっかり立っていなければ、他人を助けることなどできないよ。

マヤ、あなたは、なにをしたいの？　あなたは、なにがほしいの？　あなたは、どう考えているの？　あなたは、僕の個人の本を見ているうちに、僕に会いたくなって、ここに来た。それだけで充分じゃないか。誰かを好きになる気持ちに、理由なんていらないんだよ。僕が聞きたいのはね、あなたが今、どう感じているのか。あなたが今、どうしたいかなんだ。アルデバランがなんて言おうと、図書館になにが書いてあろうと、あなたがどんな夢を観ようと、それをどう解釈しようと、そんなことは僕には関係がない。過去は過去。今は今。そして、あなたは、あなたなんだ」

遮るものなどなにもないような透き通った声が、建物全体に響き渡っていた。はるか上空からは、キラキラと音をたてて、ダイヤモンドダストが降りそそいでくる。

「それに、過去世のことを、いくら持ち出されても、自分にはわからないよ。あなたが、未来の僕で、僕があなたの過去の姿だと言われても、『ああ、そうですか』としか今の僕には答えようがない。僕にはそれを確かめるすべがないのだからね。本当に僕があなたの過去だというのなら、あなたはレムリアについてなにか知っているはずだ。そうでしょ、マヤ？」

「正直いって、レムリアなんて、今の自分にはどうでもいいことなんだ。今、この場所にレムリアなんて存在しないのだから。目の前にないもののことを、あれこれ想像してみても意味がないよ。アルデバランに関してもそうだ。どこかで誰かが待っているなんて思うのではなくて、目の前にいる誰かのために、僕はここで生きることを選択するよ」

マヤはうな垂れながらも、彼の指先を見ていた。その指先はロウのようなもので固められ、わざと光を外に漏らさないようにしているのか、なにも語ってはくれなかった。

「マヤ、もし、あなたが言うように、宇宙に真実があるとしたら、それは『生命』のことだ。生命は光を運びながら、時の終わりまで永遠に続いてゆくものさ。僕は僕の女神たちと、僕の子どもたちに囲まれて、ここで楽しく暮らしてゆくだけだよ。もし、あなたが言う通り、僕がレムリアの王子だったとして、もしも、レムリアの王女を探す必要があるとするのなら、どこか遠くに探しに行くことはない。自分の妻たちがレムリアの王女になるだけのことさ。

あなたが探し求めている宇宙の真実がなにかは僕にはわからない。僕にわかっていることは、宇宙の真実は、あなたのなかにあるということだ。そのことに気づいた時、あなたは僕のところに戻って来るだろう」

彼はさも自信ありげに笑っていた。この根拠のない自信はどこから来るのかと、マヤは不思議に思うのだった。

「アルデバランに会ったら伝えてよ。僕はもう戻らないと。さよなら、マヤ。僕のことは、もう二度と探さないで」

一方的に電話を切られたように、プツリと会話は途切れ、彼はなにごともなかったかのように、再び饗宴に戻ってゆく。彼の後ろ姿を見ていると、首のつけ根に光を発射して、時空のゆがみを取ってやろうという衝動に駆られたが、そんなことをしても、本人にその意志がなければ、無駄なことに終わるだろう。一時的にゆがみを取ったとしても、彼は再び時空をゆがめることだろう。二つの図形が重なった時、はじめてプログラムは作動する……。

彼はここで、幸せなんだ。彼が本当に幸せなら、それでいいではないか。マヤは自分にそう言い聞かせた。でも、幸せとはなんだろう？　その基準や感じ方は、人それぞれ違うのだろう……。

冷静沈着な頭脳を持った、利口で物わかりのいい大人のふりをしても、マヤの心は引き裂かれ、片割れを求めて泣いていた。その片割れは、外の世界に探すものではなく、自分のなかにあるとは頭ではわかっていても……。

図形の謎はなに一つ解けぬまま、マヤはそんなことを、ぼんやりと考えていた。

目の前で躍る艶やかな色彩は、スクリーンに映し出された作り物の世界を観ているかのようだった。いつまでも終わりそうもない女性たちのお喋りと、勝ち誇ったような笑い声に混じって、懐かしい声が遠ざかってゆく。

……風のなかには、青い花の残り香が、かすかに漂っていた。

第4章　火の旅

《図形のフォーメーション》

今どこにいるのか、なにをしているのかも良くわからず、マヤはうつむきながら、とぼとぼと歩き続けていた。封印を解いた7つの珠の音を使って氷を溶かすために、再び氷の図書館へとアクセスしようとしたが、エリア＃6と7の透き間に、落ちてしまったのだろうか……？

「ここで彼を見放すのは、過去世の自分を見捨てることになるのだろうか？」

「でも、とどまりたいと言ったのは彼なんだ」

「自分で自分を見放したわけじゃない」

「彼がそう選択したのだから……」

「心の深いところでは本当のことを知っているのに！」

「目の開かない子ネコのふりをしているだけじゃないか……」

マヤは当てもなく、自問自答と自己弁護を繰り返していた。ギザギザとトゲのある、黒ずんだ赤いオーラを放っているマヤは、どうやら肉体に近い層でしか、彼とつながれなかったようだった。


……これは、彼のせいだと思うと、心は空虚になってゆく。

……これは、自分のせいだと思うと、心は萎縮する。

……しかし、その答えはどちらでもないのだろう。


「あなたは、なにをしたいの？　あなたは、なにがほしいの？　あなたは、どう考えているの？」

という言葉が脳裏を駆け巡っている。

「わたしは、なにがしたいんだろう……？」


我に返り立ち止まると、そこは地平線のはるか彼方まで、見渡す限り一面の砂漠地帯だった。

いつのまに、こんな荒涼とした不毛の大地が拡がっていたのだろうか。空を見あげると、どんよりとした雲がたれこめ、太陽の光も月のあかりも、そして星の輝きさえも見えない。

なにか手がかりはないかと、耳を澄ましてみたが、聞こえて来るのは、砂を巻きあげるザラザラとした風の音だけだった。どこかに水の流れる音がしないかと、地面に耳を当ててみたが、生命の気配はどこにもなく、朽ち果てた砂が無言で横たわっている……。

「なんて味気のない世界なんだろう……なんて味気のない人生なんだ」

マヤは弱々しい声でつぶやいた。


見渡す限りの砂漠を眺めているうちに、エリア#6と7の間を修復するなんて、自分にはとても無理なことのように思えてきた。こんな寂寥（せきりょう）とした砂漠にいても仕方ないので、さっさと他のエリアに飛ぼうと、座標軸を設定して移動を試みたが……なにをどうしても飛ぶことができない。何度か同じことを繰り返してみたが、依然、砂漠のなかに足を取られたまま、一歩も動けなかった。どんな時でも北を指す方位磁石のように、ゆるぎないはずの座標軸がグルグルとまわり、中心がうまく設定できないのだ。

誰の名前を呼んでも、その影すらあらわれなかった。カメのアルデバランも、イルカのシリウスも。それどころか、星の歌を歌ってイルカたちを呼ぼうとしても、その旋律がどうしても思い出せない。

こんな時は、宇宙図書館を後にして3次元の肉体に戻ろうと試みたが、緊急避難ゲートが見つからないのだ。空中に渦巻きを描いてみたが、時空の接続点も避難経路も見つからず、急遽、肉体に強制帰還しようとしたが、それすらもできない。砂のうえに「勇気の紋章」と「知恵の紋章」を描いてみたが、流砂が紋章を跡形もなく消し去ってゆく。なにかが足りない……でもなにが足りないのかわからない！

　知恵と勇気以外に、もう一つ大切ななにかがあるはずだ。マヤは砂のうえに、闇雲に図形を描いてみたが、どれもこれも作動せず、図形は音もなく砂のなかに吸い込まれてゆく。

「……宇宙の真実はあなたのなかにある。そのことに気づいた時、あなたは僕のところに戻って来るだろう……さよなら、マヤ。僕のことは、もう二度と探さないで」

　という、謎めいた言葉が呪文のようにマヤの足を縛りつけていた。それはまるで、何光年も離れてしまった扉の裏と表を強引につながなくては、これ以上先には進めないような感覚だった。

知恵の紋章
（汝自身を知れ）

勇気の紋章
（汝自身で在れ）

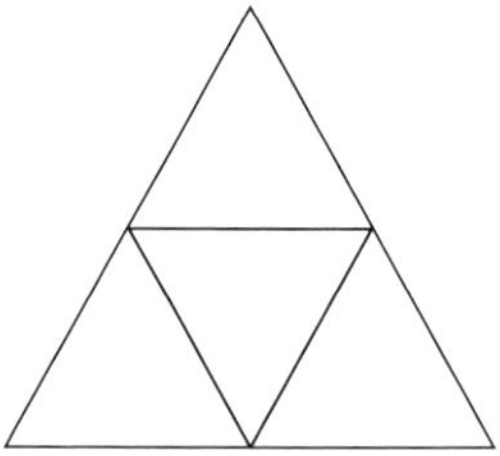

戻って来ることを予見しておきながら、「もう二度と探さないで」という矛盾した言葉が出口を探しながらさまよい、時空をゆがめ、その透き間に落ちてしまったのかもしれない。

どれくらいの時が流れたのかまったくわからなくなり、マヤは疲れ果てて、砂のうえに倒れ込んでいた。エリア#6と7の間にはまり込み、どの次元にも移動できず、3次元の肉体にも帰れず、そして、名前を呼んでも誰もここにはあらわれない。ハートの中心にゼロポイントを作り、座標軸を設定しようとしても、羅針盤(らしんばん)を失った船のように、フラフラと波間を漂っている……。

オーラフィールドのなかにある図形は、陽炎(かげろう)のようにゆらめき、グリッドがうまく設定できていないような予感がした。このままでは、記憶がバラバラにほどけ、この宇宙図書館の記録は永遠に忘れ去られてしまうのだろう。このまま3次元の肉体に戻れなくなったら、「ゼロポイント・プロジェクト」はユリが引き継いでくれるだろうか……。

そんなことを考えつつも、薄れてゆく記憶のなかで、マヤはできるかぎり心をゼロポイントに近づけようと試みていた。どのようにして、人は記憶を失ってゆくものか、そのシステムを「観察者」の眼で、せめて最後の瞬間まで見届けたいと思うのだった。すべての体験は宇宙図書館に刻み込まれるのだから、このレポートも、いつかどこかの誰かが拾いあげるかもしれない……。

だんだんと視界が狭まり、遠ざかる意識のなかで、マヤは最後に一握の砂を拾いあげていた。一つひとつの細胞が集まり身体を作っているように、一粒ひと粒の砂が集まって、広大な砂漠を創り出している……。砂のうえに横たわっているのにもかかわらず、マヤの意識は星屑にいだかれているような錯覚に陥っていた。一つひとつの星が、違う光を放ちながらも、まとまりのある銀河を形成しているような、一体感を味わっていると「宇宙の真実とは、生命のこと……」と、遠い昔のどこかで、誰かが言っていた言葉が、心の奥で響いている。それはいつ、どこで、誰が言った言葉なのか忘れてしまったが、その言葉と一緒に、心の深いところからなにかが溶け出し、マヤは一粒の涙をこぼしたのだった。涙が砂のうえにこぼれ落ちた瞬間に、はるか上空から額の中心をめがけて銀色の雫（しずく）が落ちてきた。


「雨？」

反射的に自分の額に手を当てて、マヤは銀色の雫を拭ってみたが、砂漠に雨が降るのだろうか？　しかも、雫はたった一滴しか落ちてこなかった。

この砂漠は自分の心の状態が創りだしていた幻影にすぎず、心に潤いを与えれば、大地にはやがて植物が芽吹き、いずれは森ができるのだろうか……。

そんなことを想像しているうちに、どこからともなく虹色に輝く光の玉が飛んできた。なぜこんなところにシャボン玉が飛んでいるのだろうかと不思議に思ったが、かすかな水飛沫をたてててシャボン玉は割れてしまった。その瞬間に、脳の深い部分からバニラの香りにも似た甘露があふれてくる。記憶の深い部分から立ちのぼるようなこの甘い香りは、どんなことがあっても決して忘れはしない、アヌビスの香りだ！


「アヌビス！　アヌビスどこにいるの？　アヌビスなのでしょ？」

マヤは虚空を見あげて、あたりを探しまわっていた。ふと振り返ると、黄金の光のなかから、ラピスラズリに似た藍色の輝きがあらわれ、透き通った音が響き渡る。金粉がキラキラと音をたてて舞い降り、その音の向こうに懐かしい声がした。


「……あなたの愛は、彼を縛りつけるものではなく、彼を自由にしてあげることです」

その声をたどると、スラリと伸びた、しなやかな四肢を持った、黒い動物がたたずんでいた。


「アヌビスだ！」

マヤは無邪気な声を出してアヌビスのもとに駆け寄り、細い首に抱きついた。アヌビスの体はビロードのようになめらかなので、何度も何度も頬擦りをしてしまう。

「アヌビス、どこに行っていたの。会いたかったよ。呼んでも誰も来てくれないし、もう駄目かと思ったよ。やっぱり、助けに来てくれたんだね。アヌビス。どうもありがとう！」

アヌビスとの再会に、マヤは子どもの頃に戻ったようにはしゃいでいた。

アヌビスという存在は、マヤをいろいろな領域へと案内してくれていた図書館ガイドで、その高貴な姿は黒ヒョウにも似ているが、背中には光の羽根のようなものがある。アヌビス本人は、自分はネコ族の一員だと言っているのだが、目も眩むような黄金の光を発するその姿は、地球のネコでないことだけは確かだろう。


「マヤ、あなたが涙を流すと、砂漠に大きな湖ができてしまいますよ」

アヌビスは優しく微笑んでいた。

「なぜ、図書館が、光の届かない砂漠になってしまったのか、あなたにはおわかりですね。あなたご自身が混乱しているうちは、光を見ることはできません。混乱に陥った原因とはなにか考えてごらんなさい」

今までの旅路と、そこで受け取った言葉、一つひとつを手にとって、なぜ混乱をきたしてしまったのか思い起こしてみた。アヌビスは今までマヤの身に起きたすべてのことを知っているようだった。アヌビスにはなにも隠すことができないのだろう。

「……アヌビスは、レムリアの彼のことを知っていたの？」

「ええ、もちろん知っていますよ。あなたがたが、最初に惑星地球に降り立った日よりももっと前から、故郷の星にいた頃からワタクシはあなたがた二人のことを知っていますよ。あなたは、彼が目醒めずにいると思っているかもしれませんが、彼に過去の記憶がないのは、彼にはその記憶が必要ないからかもしれませんね。必要なことであれば、必ず思い出す日が来るでしょう」

アヌビスは細い鼻先を伸ばして、マヤが持っている謎の暗号文を覗き込んでいた。

「(11＋11) ＋1 という式は、あなたと彼との関係をあらわしているようですね。あなたがたが銀河レベルの大人になって、自らの足で立ち、真の信頼関係を築いた時に、太陽の国の扉が開くのです」

アヌビスの言葉を聞いて、マヤはあっけに取られたような表情を浮かべていた。この単純な計算式に、そんな意味が隠されていたとは……。

「迷路に迷い込んでしまったら、その全貌を上空から見渡してみることが大切です。人類の集合意識のなかにとどまったままでは、その意識の全貌を理解することは難しいでしょう。たとえば、点は線に、線は面に、面は立体に、立体は時間軸を加えた時空に、時空はゼロポイントを通り∞（インフィニティ）を描き、最初の一点に収束してゆくように。今いる次元より上に昇ってみることですよ。

さあ、ご一緒に光の道を昇ってゆきましょう。あなたの中心を貫く光の道は、銀河の中心を貫く宇宙軸であり、すべての次元につながっているのですから……光の道から踏みはずさなければ、どの次元にでもアクセスできるのです」

アヌビスはハートの中心から光を発しているのか、光の音が高音すぎてアヌビスの声が聞き取りにくくなる。白く輝く光が降りてきてマヤのまわりを取り囲み、その光は、はるか上空まで伸びているようだった。エレベーターに乗って上に引きあげられ、頭が伸びてゆくような感覚につつまれると、突然、耳鳴りの音が変わり、アヌビスの声が、ゴロゴロと喉を鳴らすネコの声のようになってゆく。

宇宙図書館の領域内で、しっかりと意識を保てない場合は、不本意ながらマヤは9歳の子どもの言語になってしまうか、アヌビスの発する言葉がネコのような声になり、理解できない言語になってしまうのだった。

マヤの瞳はだんだん深い湖のような色になり、心ここにあらずという顔をしていた。メモリーがすでに一杯になっていて、新しい知識を受けいれられないようだ。メモリーオーバーのところに新しい情報を無理に書き込もうとすると、データが破損してしまい、今まで宇宙図書館で起きた出来事をすべて忘れてしまうのだ。マヤは急速に記憶を失いつつあった。いや、もうすでに記憶を失ってしまったのかもしれない。

「マヤ……マヤ……」そして最後にもう一度。「マヤ！」

アヌビスがマヤの名前を三回呼んだ。

気がつくとアヌビスが心配そうにマヤの瞳を覗き込んでいる。ぼんやりとした意識のまま、あたりを見ると、そこは見覚えのあるドーム型の建物のなかで、床に描かれた円形の光のサークルにマヤは横たわっていた。上空にはラピスラズリで象（かたど）られた無窮（むきゅう）の天球図が輝き、それはまるで星々がちりばめられたプラネタリウムのように見えた。アヌビスは以前にも、「調整」が必要な時には、ここに連れて来てくれたことがあった。精神的、肉体的なダメージを受けた時、そして魂のアイデンティティが傷つき、時空がゆがんでしまった時などは、エリア＃13にあるピラミッドに、アヌビスはマヤを案内してくれるのだった。

「もう、時間がありませんので、先を急ぎましょう。砂漠が拡がり宇宙図書館が崩壊しはじめています。客観的に申しあげて、今のあなたは時空がゆがみ、グリッドに整合性がありません。このままでは、記憶をすべて失ってしまうでしょう。場合によっては、宇宙図書館のアクセスコードをすべて設定し直す必要があるかもしれませんが、まず、あなたのグリッドを修正します。

グリッドの整合性を保つために、ワタクシは急遽、図形を使った調整を行います。一つの図形を見て、そこから最低でも13の次元にアクセスコードを設定する方法です。一つの形に、13以上の情報が層になって重なっていますので、どの次元に焦点をあわせるかは、ご自身で選んでください。まずは回答だけ先にお渡ししますので、13の次元をグリッドでつないでしまいましょう。もう時間があまり残されていないので最善を尽くしましょう」

そう言い終わるや否や、アヌビスはシッポをクルクルとまわしながら、虚空にゼロポイントを描いてゆく。ピラミッドの内部がスパークして、フラッシュのような速さで、いくつもの図形があらわれた。図形は曲線から構成されるものと、直線からなるものの、二つのパターンにわけられたが、それは右脳的、左脳的な違いなのだという。曲線から構成されている図形は女性性を、直線から構成される図形は男性性をあらわし、この二つがセットになって宇宙の創造は彩られているが、現在の地球文明は直線的な知識が主流で、宇宙的に見れば偏った進化を遂げているという。

「宇宙は脳、脳は宇宙」と、アヌビスは謎めいたことを言っている。

図形には固有の役割があり、脳のなかにある記憶フィールドや、オーラのエネルギーフィールドにある「グリッド」をつなぐ役目を果たしているらしい。そして、このフォーメーションを完成させた時には、もはや右脳左脳の区別はなく、３６０度あらゆる方向で脳を使えるようになるのだという。

「では、ご一緒に一つひとつスキャニングしてゆきましょう。まずは図形をよく見てから目を瞑り、その形を瞳の奥にダウンロードしてください。次に、瞳の奥に刻まれた図形を額の真ん中まで持ってゆきましょう。そう、額にその図形が描かれているようにイメージしてください」

図形のフォーメーション

「そして、額に刻まれた図形を脳の中心にダウンロードします。それから図形を真っすぐ下に降ろしてゆき、ハートの領域にまで持っていってください。脳の中心とハートの中心の二ヶ所に、これらの図形を保存しておくように意図してください。その際に、決して中心がずれないように注意しましょう。

もし、瞳の奥に図形をダウンロードすることが難しいようでしたら、あなたの背後にその図形が輝いている様子をイメージしてみてください。あせらず慌てず一つひとつフォーメーションを完成させましょう」

「このフォーメーションは、さまざまな解釈がありますが、《光の道のロードマップ》と、この領域では呼ばれています。あなたは常に目には見えない図形の中心にフォーカスしているのです。喩えて言えば、肉体の位置にあるエメラルドグリーンのハートのチャクラだけではなく、目には見えない異次元へのハートセンターがあるということです。わかりますね。この二つのハートの誤差が、１３７という数値であらわされるものでもあるのですが……」

エメラルドグリーンのハートチャクラ以外に、１３７と関連のある異次元のハートセンターがあるというが、それはきっとハートの中心にあるゼロポイントのことに違いないと、根拠もなくマヤはそう思った。

このロードマップには、目には見えない光の数字と光の象形文字が息づいているような予感がした。中心部分はゼロポイントに保たれ、ある一定のエネルギーを送受信する聖地にも似て、ホログラムのように、人類全体のマンダラを織りなしている。一人にひとつずつ、固有のロードマップがあり、たとえどの道をたどろうと、どの道を選ぼうと、その道のりは人類という一つのマンダラを描く、一粒の光の軌跡なのだ。人類の集合意識というものを宇宙的視野を持って俯瞰（ふかん）すると、一人ひとりが異なる光を放ちながらも全体としては調和を保ちつつ、躍動を続けるマンダラのように見えるのだった。

「《光の道のロードマップ》に意識をチューニングすれば、あなたは文字どおり、どこへでも旅立つことができるのです。それには、必ず座標軸を設定して……ここでいう座標軸とは言葉による設定ですが……『○○へ行きます』と、行き先を指定することを忘れないでください。そして、もう一つ、大切なルールがありますが、あなたはこのお約束を守れますか？」

「いいですよ。どんな約束か教えて」

「これを使う際には、『必ずここに帰って来ます』と、宣言してください」

アヌビスは今まで一度も見せたことのないような真剣な表情をしていたので、このルールは決して破らないとマヤは心に決めた。

《7の扉は汝自身で開けよ》

「あなたのグリッドは整合性を保ち、時空のゆがみもとれましたので、最後に迷路を解いてこのワークを終わりにしましょう。これは『7の扉は汝自身で開けよ』という名前の迷宮（ラビリンス）です」

アヌビスは背中の羽根のようなものを羽ばたかせると、光のサークルにラピスラズリの粉を振り撒き、迷路を描いてゆく。見るからに目がまわりそうな迷路だったが、黄金のサークルのうえに描かれたラピスラズリの小道は、まるで高貴な芸術作品を見ているかのようだった。

「まず、エントランスから入り、ラピスラズリの小道をたどり、中央の円までゆきましょう。そして、ラピスラズリの小道を通り、再びエントランスから出るというものです。ご自分の脳の目には見えない次元に、この迷宮と同じ形が描かれているとイメージしながら解いてゆくと、脳のグリッドを強固にして前後左右のバランスがとれてきます。迷いやすいゾーンには眼には見えないブロックがあり、脳が活性化していないことを示しています。しかし、途中で気分が悪くなったら、その時点で即座にヤメにしてくださいね」

たしかに、迷路好きなマヤにとっても、この迷宮はかなりハイレベルで一回もやれば充分だと思ったが、アヌビスは駄目を押すように、迷路を3次元の立体にビジョン化して、実際に迷路を通り抜けてみるようにと促がしている。ラピスラズリの小道を通り抜けるうちに、脳や身体をとりまくオーラの層だけではなく、自分の身体の遠い部分まで中央にセンタリングされてゆくような感覚をおぼえた。不思議なことにこの迷路は、《光の道のロードマップ》やピラミッドの天井に描かれた天球図とも呼応しているようで、あるゾーンに差しかかると天空に拡がる固有の星の光が、真っすぐに降りそそいで来るのだった。その光を見ているうちに、「宇宙は脳、脳は宇宙」といっていたアヌビスの言葉が実感としてなんとなくわかるような気がしてきた。

星々の光に導かれながら、ようやく迷路を脱出すると、「アヌビス、もう図形も迷路も充分だから、暗号文を一緒にといてよ」と、息を切らしてマヤは訴えた。

「ええ、いいですよ。それでは、あなたの持っている暗号文を、ご一緒に解読してみましょう……でも、その前に、あなたに一つ予習問題をお出しします。11とは、どういう意味でしょうか?」

アヌビスはマヤのことをジッと見つめていた。

「ご自分で11という数字に入っていかなければ、11次元の意味はわかりませんよ」

マヤは眼を瞑り「11」という数字に想いを馳せていた。心を透明にして、アヌビスに促がされるまま、宇宙図書館にある「数字の森」に意識を飛ばし、「元素の周期表」に似たパネルの数字の11を押すと、断崖絶壁に立っている、11という銀色の数字を見つけた。マヤは左右に並ぶ1と1に手をかけて数字の間に歩み入り、その振動数に自分の振動数をあわせて11の世界に浸透してゆくと、数字は身のうえ話を語りだし、幻想的な次元を開示しはじめた。

11とは、形状的には、左右のバランスがとれているように見えるが、ある意味で不安定な数字であり、この数字を長時間観察していると、「10」か「12」に変化したがるのがわかる。数字にこういう作用があるというと、不思議に思われるかもしれないが、理科の時間に習った元素の世界では、結合しやすいものとしにくいもの、安定不安定があるように、その法則は数字の世界にも当てはまるのだった。

11とは自然界に喩えると、サナギに見えた。サナギはイモムシではないが、まだ蝶ではない。サナギから抜け出して大空を羽ばたくために、その時を知らせるサインを待っている。それは、なにかが欠けた状態であり、完成まであと半歩という未完のエネルギーを秘めている。

そして、11という数字の音を再生すると、かなり音程が狂っているのに、フォルテで歌うので、他の数字のなかに入るとハーモニーを壊し、不協和音を奏でてしまう。こんなことを勝手に口外しては、11には悪いが、はっきり言って11はオンチなのだ。

基本的には、11、22、33、44、55、66、77、88、99……というように同じ数字が繰り返されるものは、音が共鳴してエネルギーが増幅されるが、そのなかでも、11が先陣を切るので、11には既存の組織を壊すといった、革命や革新的な要素も含まれているようだった。しかし、22以降の数字は、11が築いたパターンを使えるので、11ほど不調和な混乱したエネルギーを発してはいない。11という数字からマヤは11次元の世界をほんの一瞬、垣間見たような気がした。

「それでは方法を変えて、11という数字を、図形で考えてみましょう。まずは、この数字を3次元の立体として立ちあげ、鏡に映ったように向かいあわせに設定してみてください」

マヤは11を二つ向かい合わせて立ててみた。

「そうですね。そこには四本の柱ができます。正方形の四隅に立てた、四本の柱の真ん中には、ゼロポイントができることはご存知でしょう？　これが3次元空間における、一番簡単なゼロポイントの設定方法です。この四方の柱は結界とも呼ばれ、そのキューブ型の真ん中に宇宙のエネルギーを招き入れることができるのです。

それでは、次に立体を平面に落とし込んで考えてみましょう。平面の図形とは、色や音が凍りついたものだと考えて頂いて結構ですよ。11という数字を、平面の図形で表現すると、どうなりますか？」アヌビスは優雅な仕草で、マヤの方を見ていた。

神殿の設計図（『22を超えてゆけ』）より

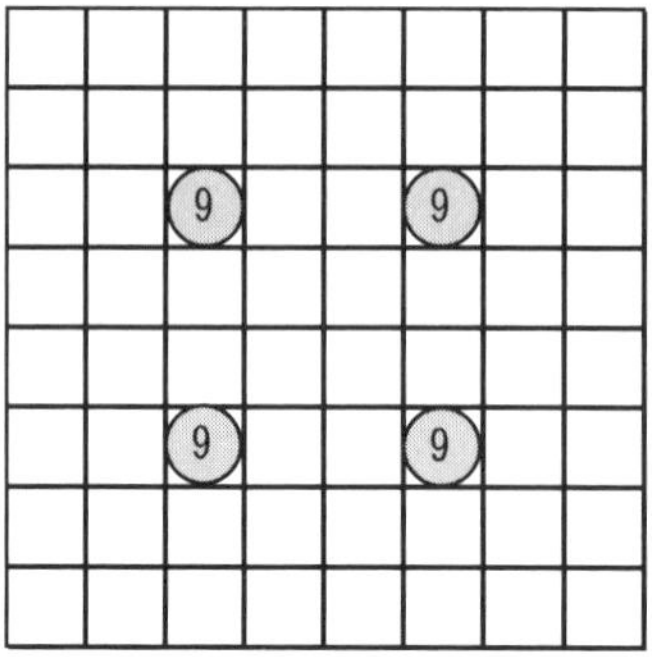

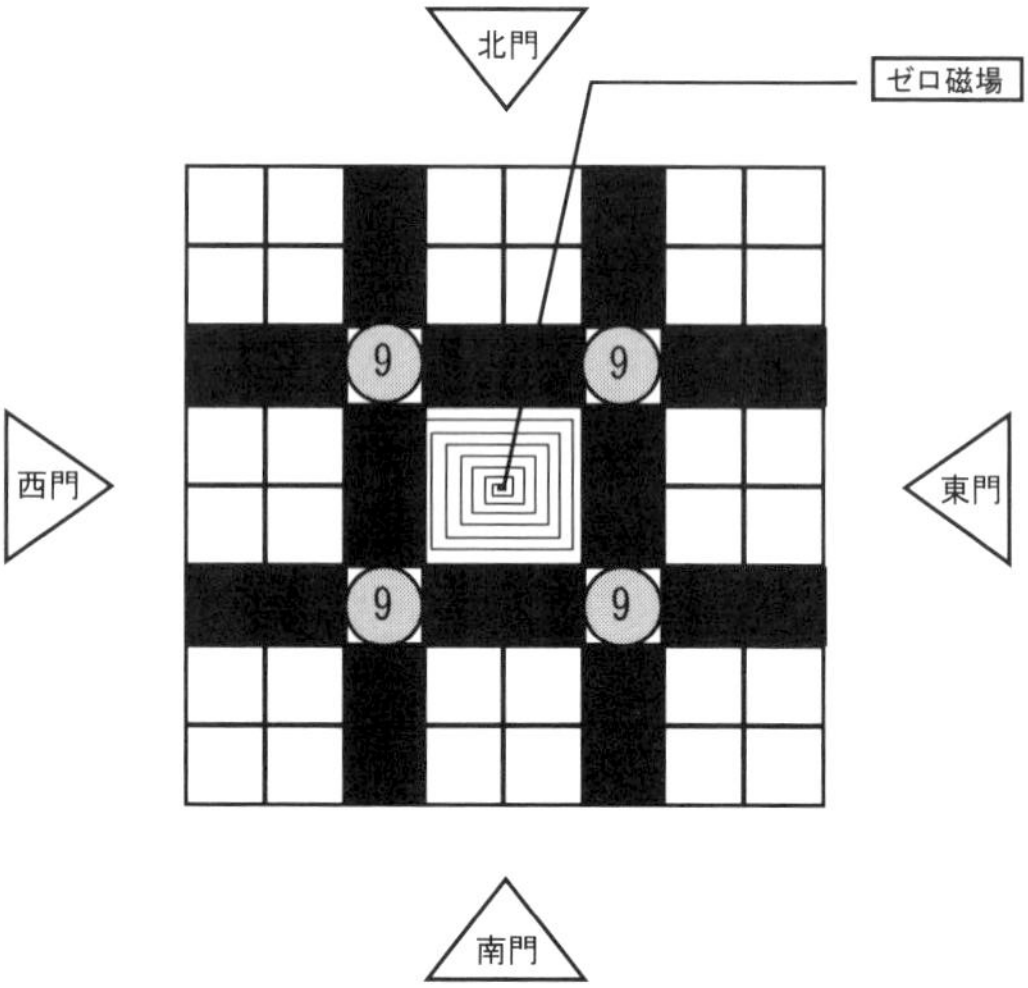

「11角形なんて、ずいぶん描きにくそうだね」

マヤは11個の頂点を描いて、線でつないでみようとした。

「いいですか。あなたが書いた暗号文をよく見てごらんなさい。この二つの図形がヒントなのですよ。これは簡単な足し算ですね」


「この二つの図形……五芒星(ごぼうせい)と六芒星(ろくぼうせい)?

11を図形であらわすと…… 5+6になる。

五芒星と六芒星はなにを意味しているかな?」

マヤがそうつぶやくと、アヌビスは五芒星と六芒星に光を当てて、その音を再生した。

「五芒星の音は……エリア#5のアクセスコード。そして、六芒星はエリア#6と同じ音だ!」


「そうです。答えはとてもシンプルですね。五芒星の周波数は3次元の火をあらわし、六芒星の周波数は3次元の水をあらわしています。そして、11とは、火と水の統合と言えるでしょう。11という数字がなぜ不安定なのかおわかりですか? 宇宙のプラスとマイナスのように、正反対のもの同士は惹かれあいますが、お互いがお互いを打ち消しあうこともできるのです。火と水はバランスを保たない限り、崩壊につながる命懸けのカップルといえるでしょう。でも、不調和とは、想像もつかないほどの飛躍のチャンスでもあるのです」

「そうか！　なんで今まで気がつかなかったのだろう。『火』という文字の頂点を結ぶと五芒星になり、『水』という字の頂点を結ぶと六芒星になる。五芒星と六芒星は火と水で、それは黄金の龍と青い龍のことでもあるんだ」

マヤは座標軸を設定して、今にも二匹の龍を探しに出かけてしまいそうな勢いだった。

「マヤ、お待ちなさい」

アヌビスは大きな前足を、マヤの足のうえに乗せて、龍のしっぽをつかまえたライオンのような鋭い眼光を放っていた。

「火と水の龍を探しに行くことが、あなたの旅の目的なのでしょうか。五芒星と六芒星が火と水という文字になるというのなら、それを超えた七芒星（ななぼうせい）の頂点を線で結ぶと、どんな文字になるか想像してごらんなさい。

その文字が示すところが、あなたの目指す場所なのではないのですか？」

マヤは七芒星を描きその中心から頂点をつないで文字を書いてみた。それはまるで光という文字に見えた。

「もう、寄り道をしている暇はありませんよ。『光』に向かって、真っすぐに進まなければ、約束の時間通りに到着できません。ゼロポイントに入り、ご自分の中心軸を設定して、魂の目的にしっかりとセンタリングしてみてください。

『朽ちることのない杖（つえ）』『封印された7つの珠（たま）』『すべてを映しだす透明な鏡』これらはすべて、太陽の国へたどりつくためのツールです。あなたが、これをクリアーしなければ、その場所へは行かれないことを、暗号文は告げているのですよ。さあ、ご一緒にこの暗号文を解いてゆきましょう。あなたはすでに、シリウスの領域で、7つの珠については解読できましたね。

それでは、朽ちることのない杖……『杖』を隠したのはあなたご自身なのですよ。その隠し場所とは、ほらよく見てごらんなさい、杖とはあなたがたの背骨のことです。先ほどのロードマップにあてはめれば、図形の真ん中を走る直線のことですね。もう少し、抽象的な言い方をすれば、背骨に沿って頭上から足元まで伸びる、天と地を結ぶ光の道のことなのです。その長さによって、光の剣、光の杖、宇宙軸などと言う人もいますが、この光の道は、決して朽ちることはありません。この光は肉体から宇宙の中心まで、真っすぐにつなぎ、多次元的な情報を受信するアンテナになるでしょう。

それだけではありません。あなたの足元から伸びた光は、惑星地球の中心に錨をおろしています。天と地をつないで、地上にしっかりと立つ時、人はもっとも安心感を得られるのですよ。それには、決してゆがむことなく、光の道が真っすぐに伸びていることが重要です」

アヌビスが光を照射すると、マヤの身体の中心軸にはネオン管が入ったように輝きはじめ、それはまるで青白い光の道のように見えた。

「いいですか、あなたが持っている暗号文を読む限り、あなたは6次元と7次元の間を修復する必要があるのでしょう。なぜ、エリア#6と7の間を修復しなければいけないかという疑問にお答えすれば、6次元と7次元の間に断層があるからです。ここから先は、空間をずらさなければ、真っすぐには進めません。6次元と7次元の間には、眼には見えない光のヴェールのようなものがあるので、宇宙からの多次元的な情報を、純粋なまま3次元に降ろしてくることは難しいのです。

光のヴェールは、幼い存在を守る保護膜でもあると同時に、それは光を遮り、本当の光が見えないということでもあるのです。6次元を超えてゆくとは、あなたを保護してくれていたものとの決別を意味し、依存を断ち切ることといえるでしょう。天と地を結ぶ光の道は、6次元までしか整備されてないので、6次元から7次元に行く道のりはとても険しいのです」

「アヌビス、なぜ、エリア#6と7の間は廃墟になっているの？」

マヤは真顔で尋ねていた。

「それは、あのルートを使う人は、皆無だからですよ。かつては、栄華を誇り、人々の往来がありましたが、人類の意識が二分され、エリア#6と7には深い溝ができてしまったので、よほどの物好きでない限り、あのルートは使いませんね。宇宙図書館を上空から鳥瞰してみてごらんなさい。エリア#1から6までと、エリア#7から12まででは別々の循環システムがあることが、あなたにもわかるでしょう。たとえば、エリア番号を次元と対応させて考えてみれば、あなたがたは誰でも、6次元までは普通にアクセスすることができるはずです」

「6次元まで普通にアクセスできるって、本当なの？」

「ええ、そうです。なぜなら、6次元とは、あなたがたが、天使やガイドと呼んでいる存在たちの次元だからです。その存在たちは、いわばあなたがたの保護者のようなものです。しかし、その6次元のヴェールに映っているものは、7次元以降の影にすぎないかもしれません。その本質を見てください。

6次元までは普通にアクセスできますが、7次元に赴くには少しひねりが必要なのですよ。ものごとは、直線的には進みません。たえず、左右にゆらぎながら進化の螺旋をたどってゆくのです。ある時は昇り、ある時は降りて、そうやって螺旋を描きながら、永遠に上下運度を繰り返しているのですよ。結論から先に申しますと、エリア#6と7の間には、目には見えない螺旋があるのです。その螺旋を使って、上へと昇ることもできますし、下に降りてゆくことも可能です。どちらを選択してもいいのですよ。エリア#6と7の間に溝があるというとらえ方もできますが、別の次元から見ればそれは明らかに螺旋構造なのです」

エリア#6と7の間が螺旋構造になっているということに、マヤはみょうに納得していた。

「それでは、なぜ、6次元から先へ移行することが難しいのか、あなたにはおわかりですか？」

「そうだねえ……」ピラミッドの内側にある、ドーム型の天井に刻まれた天球図を見ながらマヤは考を巡らせていた。

「6次元は魅力的だからかな？」


「それは、あなたの主観かもしれません」

アヌビスも天球図を見あげながら答えた。

「もっと客観的な視点に立って、多くの人に当てはまる答えを探してごらんなさい。たとえば、上向きの三角形と下向きの三角形から構成されている、六芒星を良く観察してみれば、6次元にいつまでもとどまりたい理由は、この図形からも読み解くことができるでしょう」


マヤは実際に六芒星を描いて、その形を観察してみた。なぜ、6次元から先の次元へと移行することが難しいのかといえば、6次元は安定性がありすぎるからかもしれない。相反する二元的なものがバランスを取り、まったくゆるぎのない様子は、不動のものをあらわしているように見えた。宇宙の根底を支えているようなその姿は、カメのアルデバランにも似ている……。

七芒星

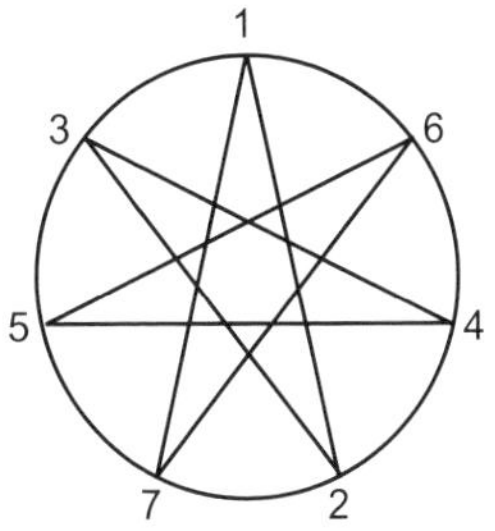

五芒星

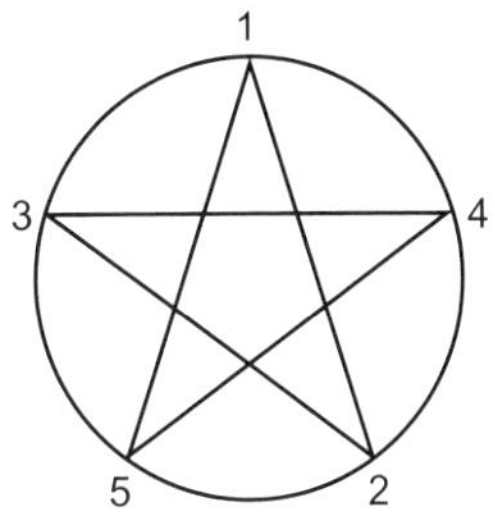

八芒星

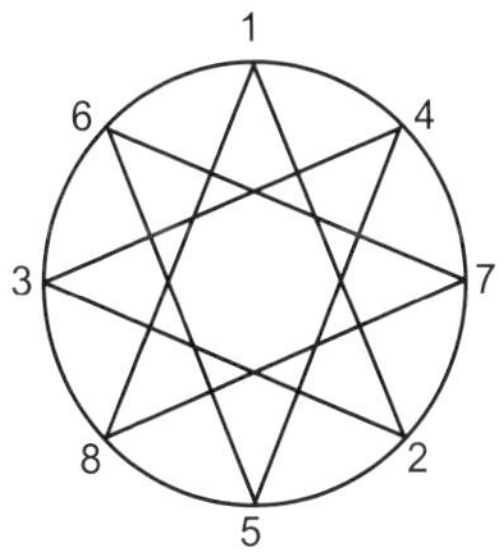

六芒星

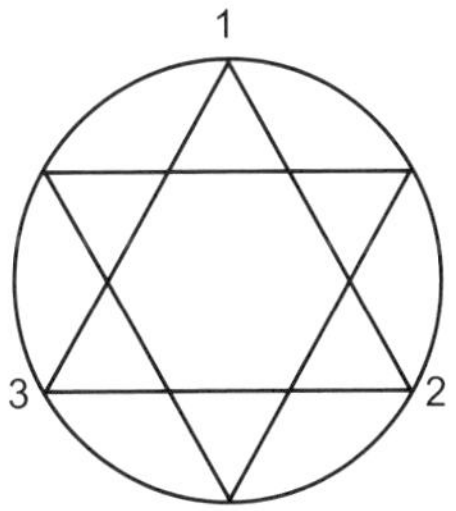

「わかったよ、アヌビス。６次元の世界はカメの甲羅のように固くて、安定性がある。そのゆるぎない姿は、変化に乏しく、新しいことを取り入れようとはしないよ。安全で守られているところから出ることは容易ではないからね。でも、どうしたら、ここから出ることができるのかな？」

「たとえば、天秤の左右に11という数字があるとしましょう。左右のバランスが等しい時、その天秤は静止して動かなくなりますね。そこに、なにかを加えなければ動きません。その＋１というものはなにか考えてごらんなさい。

あまりにも安定した状態から脱出するには、それなりの動機や意図が必要でしょう。まったくのゼロの状態に陥った時、あなたは空虚な感覚に襲われますね。ゼロの状態に入ったら、少しずつゆらぎがはじまり、再び外の世界に旅立ち、また再びゼロに戻って来るという、永遠にその繰り返しなのですよ。すべてのことはバランスです。

そして、あなたが描いた暗号文のなかにある図形を見れば、六芒星は閉じた世界であって、流動的でないということがおわかりでしょう。その様子を図形であらわせば、五芒星、七芒星、八芒星は、一筆書きで描けますが、六芒星は一筆では描けませんね」

アヌビスは実際に図形を描きながら説明をしてくれた。

「そして、エリア＃６から７へと向かうのではなく、エリア＃６からいったんエリア＃５に戻り、エリア#5から角度をつけてエリア#7の上空へと昇ってゆけばいいのですよ。順番は、5↓6↓7ではなくて、6↓5↓7なのです。

上の次元でなにかを創造すれば、下の次元にも同じパターンの影が落ちます。たとえば、エリア#5から7に向かって角度をつけた道を作ったとしたら、下の次元ではどのような現象が生まれると思いますか？」

「すごいよ、アヌビス！　エリア#5から角度をつけて、エリア#7の上空に飛ぶなんて、思いつきもしなかったよ。エリア#5から7を結ぶ立体の道を、二次元の平面に落とし込めば、エリア#6と7の道がつながることになる……」

「しかし、あと一つ難関を突破しなければいけないでしょう。エリア#5から7へと向かうその道の途上には、あなたを待ち受けている存在がいるはずです。6次元は、保護者的な存在だと先程ワタクシは申しあげましたね。そして、6次元は光の幾何学の領域でもあるのです。3次元の現象は、6次元の光の幾何学が落とす影が、物質のように見えているだけなのですよ。その6次元の光の幾何学も、さらに上の次元の影絵かもしれません。わかりますか……？目に見える現象だけではなく、その奥にある本質をとらえてください。どんな存在が目の前に立ちはだかっても恐れないでください」

あともう一つの難関とは、忽然(こつぜん)と龍があらわれるのではないだろうか？　その道の途中で、龍が待ち伏せしているのではないかと、マヤは想像をふくらませていた。

《ファラオの夢》

「ねえ、アヌビス、大事な質問をしてもいい？」

アヌビスは、尖った耳をピンとたてて、長い前足をピタリと揃え、マヤの正面に座った。

「知恵の紋章と勇気の紋章の他に、太陽の国の扉を開けるには、もう一つ紋章があるんじゃないかな。知恵と勇気の他に、もう一つなにかが必要なはずです」

「マヤ、その通りですよ」

アヌビスは慈愛に満ちた、柔和な表情を浮かべていた。


「知恵と勇気の他にもう一つ必要なもの、それは愛と呼ばれる光のことでしょう。その光は生命という名前でも呼ばれていますね。生命に対してあなたがどのようなものを思い描くかによって、アクセスできる次元が変わるのですよ。それが、今まで決して明かされることのなかった『次元の秘密』なのです。

生命は死ねば終わってしまうのか、永遠の生命があるのか、あるいは魂の光、生命の光、宇宙的な愛、そのエッセンス……。生命のどのレベルにアクセスするかによって、あなたの限界領域が変わります」

「……ねえ、アヌビス。宇宙的な愛は光からできているのかな？」

マヤは目の焦点を後ろにずらし、アヌビスの本質をとらえようとしていた。

「……光とは、愛からできている。と言った方が的を射ているかもしれませんね」

アヌビスは気高い表情で遠くを見つめていたが、その瞳には宇宙の中心から発せられている光が、ありありと映っているようだった。

「愛について、ワタクシにわかっていることは、ただ一つです。それは、とてもシンプルなことで、愛とは味わうものだということです。光の道を知ることと、光の道を歩むことでは大きく違うように、愛を知ることと、愛であることは大きく違うでしょう。しかし、あなたがたは誰でも、魂の深淵には宇宙の光が輝いているのですよ。その光を使えば、すべての次元にアクセスできるでしょう。愛が灯す光が、正しい方向を指し示してくれます」

アヌビスはそう言い終わると、ゆっくりと頭を下げ、○とT字を組み合わせた形のものを首からはずしてマヤの前に置いた。それは、アヌビスがいつも首から下げていたペンダントだった。

「アヌビス？このペンダントをわたしにくれるの？」

「ええ、あなたに差しあげますよ」

「でも、この形どこかで見たことがあるんだけど……これは人の形かな。性別を示す記号かな。占星術の金星のマーク？それとも、プラスとマイナスとゼロの記号かな」

「これは、アンクと呼ばれている聖なる紋章で、光からできた、生命の護符でもあるのです」

「アンク……生命の護符？」

「ええ、生命の護符とは、すなわち、宇宙にあまねく拡がる創造のエネルギーでもあるのです。図形のフォーメーションと同じく、アンクも多次元にアクセスできるツールです。ただし、使い方を知らなければ、博物館のヤジリやマガタマと同じで、原始人が作った、取るに足らない装飾品の一つでしょう。アンクの力を正しく用いることができれば、あなたは太陽の国の扉を開けることができます。この紋章は常に、あなたを光の方向へと導いてくれるでしょう」

「へえー、これが太陽の国の扉を開ける鍵なのか……」

マヤはアンクをシゲシゲと見て、匂いを嗅いでみたり、耳に当ててたり、額に貼りつけたり、頭のてっぺんにアンテナのように立てながら、なにかを読みとろうとしていた。

「このアンク、アヌビスだと思って大切するよ！」マヤは力強く宣言した。


「いいえ、このアンクは、ワタクシ、アヌビスではなく、あなた自身なのですよ」

それはどういうことなのだろうか。マヤの分身をペンダントにして、アヌビスは首からぶらさげていたとでもいうのだろうか？　アヌビスは実は誰なのだろうか、という疑問が脳裏をかすめた瞬間に、アヌビスは鈴が転がるような笑い声をたてて優雅に微笑んでいた。

「ワタクシ、アヌビスは、あなたにとって宇宙の後見人のようなものでしょう。あなたがたが、銀河レベルの大人になった際には、創造の鍵であるアンクが授けられるのです。あなたが銀河レベルの成人式を迎えた時、ワタクシは、このアンクをお渡しすることになっていました」

マヤは、自分が銀河レベルの大人になっているとは、到底思えなかったので、無言でアンクを差し出して、アヌビスに返そうとした。

「大丈夫ですよ。使い方がわからなければ、博物館のヤジリと同じですから。本来の持ち主であるあなたが持っていてください。いつかきっと役に立つことがあるでしょう。

……ところで、マヤ、あなたには、このアンクがなに色に見えますか？」

一見、アンクは黒い色に見えたが、よくよく観察してみると、アヌビスの体の色と同じように、青味がかった黒になり、緑がかった黒……そして、黒のなかから七色の虹の光があらわれた。虹は白に変わり、黒という色は白と同じく、すべての色を含んでいることを教えてくれた。

「黒という色はすべてを生み出す創造の色ですね。それではこの形の意味はおわかりですか？」

マヤはアンクに手の甲をかざし、データをスキャニングしていた。


「いいですか。ここからが重要ですので、よく聴いてください。

アンクの形は、宇宙の基本的な要素を具現化したものです。宇宙の基本的な要素とは、火、水、土、風、光、そして、ゼロポイントです。水平軸の左が火、右が水。垂直軸の下が土。輪のなかに風が吹き抜け、輪のまわりに光が輝き、そして、輪とT字の接点がゼロポイントになります。このアンクを正しく使うことができれば、あなたは、すべてを生みだすことができるでしょう」

細かい粒子からできた金色の音を発しながら、アヌビスはアンクを、光のサークルのなかに象(かたど)ってゆく。

生命の護符アンク

アンクの説明

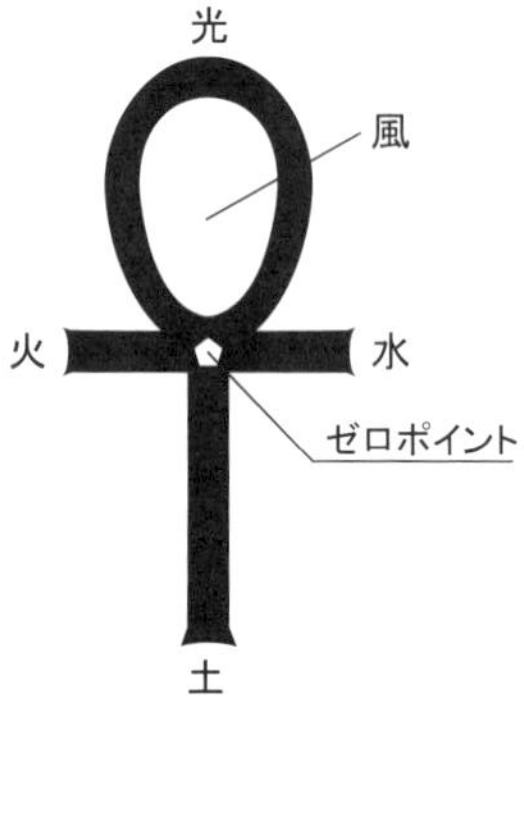

「アンクの解釈は、生命の解釈と同じように多次元的で、どのレベルでアンクとつながるかは、あなたの選択次第なのですよ。

その一例をあげますと、アンクとは、①黒曜石（こくようせき）のペンダント ②振り子 ③バランスを取る ④方向を指し示す ⑤太陽の国の扉を開ける鍵 ⑥スターシード ⑦音叉（おんさ） ⑧次元をつなぐ ⑨異なる世界に橋を架ける ⑩光を生み出す ⑪自らの心を映す鏡 ⑫創造のエネルギー ……その他にも無限に意味がありますが、このアンクは、あなた自身なのです」

このアンクが自分なのか？ マヤは疑いのまなざしで、アンクを見つめていた。

「ねえ、アヌビス……、音叉は１３７度だと以前に教えてくれたことがあったよね」

天球図に刻まれた星を指差して、マヤはそう言った。実際のところ、太陽の国の扉は音で開けるのではないかとマヤは思っていたので、アンクのなかに１３７という角度が隠れていないか探していた。

「その通りですよ。光の国へ歩み入るには、音を正しく調律すること、言葉を正すことが大切なのです。しかし、正しい音を聴かなくては、正確な音を発することは難しいでしょう。１３７の周辺には、宇宙の成長ポイントの音があり、湧きだす創造の泉があるのです」

「創造の泉……？ 自らの心を映す鏡……？ 暗号文にある、すべてを映しだす透明な鏡って、どういうこと？」

「透明な鏡とは、あなたがたの魂のことです。その光は瞳の奥に見ることができるでしょう。あなたは、瞳の奥に書いてある文字を読んでいますね。相手の瞳のなかには、その人の魂の火がゆらめき、そして、あなたご自身の魂の光が反射して映っているのですよ。瞳を交わした瞬間に、火と水と、そして光の情報交換が行われているのです。

そして、（11＋11）＋1という式のように、カッコのなかの力が同等になり、鏡の世界を通り抜けると、今まで見たこともなかったような新たな世界が拡がっていることでしょう。どちらか一方の力が強いと、優勢の方の姿が鏡に映ってしまい、もう一方は姿を消してしまいます。まったく同じ力にならないと、鏡の世界は通りぬけられないのです」

「そもそも、以前にあなたが受け取った、最初の計算式、（9＋13）＋1をなぜ変化させる必要があったか考えてごらんなさい。

9という数字は目に見える世界の完成数であり、13は目に見えない世界の完成数といえるでしょう。この計算式は目に見える肉体と目に見えない意識を超えてゆくことを暗示していましたね」アヌビスは、9と13を図解しながら説明を続ける。

「しかし、この式はカッコのなかにある数字の左右のバランスがとれていませんでした。すべてのことはバランスです。このカッコのなかは、地球と宇宙の力が均一でないこと、天と地のエネルギーが同じでないこと、そして、内なる男性性と内なる女性性が同じ力を発揮できないことを物語っています。それは火と水のバランスのように、どちらかが優勢になれば、相手を打ち消してしまいますね。相反する二つのものが、背中と背中をくっつけてピタリと同じ力になり、互いに信頼関係で結ばれ、完璧なバランスを保った時、次元を超えることができるのです。数字と数字の間にあるゲートを通り抜け、時空を超えるには、ゼロポイントを保たなければいけないというのと同じ原理なのですよ。

そして、鏡とは、分離と統合の象徴でもあり、鏡には境界を超えてゆくという作用もあります。あなたに、ぜひ憶えておいてほしいことがありますが、太陽の国の入口には、『鏡』があり、その鏡の前で、ご自分の姿を消すことができなければ、太陽の国に入ることはできません。すべての色を束ねると透明になるように、すべての音を重ねると静寂の音になるように、そして、プラスとマイナスの数字を全部集めるとゼロになるように、心を透明にして自らの輝きを放つ時、あなたは姿を消すことができるのです」

アヌビスから鏡の話を聞いているうちに、虚空からは光が奏でる音が、かすかに鳴り響き、太陽の国へはあと一歩だという予感めいたものが、ふつふつと湧きあがってくるのだった。

「でもアヌビス。なぜ、わたしはこんなにも、今ここにないものを……太陽の国のことを……追い求めてしまうのかな?」

背負った重い荷物を、ほんの一瞬、降ろすような表情をして、マヤはアヌビスに聞いてみる。

「それはとても根源的な問いですね。かつて、太陽の国の波動は、アトランティス、レムリアの時代にもありました。その後は、古代エジプト時代のあるファラオが、地上に太陽の国をもたらそうと試みたことがありましたね。もともと、ファラオとは、天と地をつなぐ存在のことです。宇宙の情報を真っすぐに地上に降ろすことができる人のことを、ワタクシたちはファラオと呼びました。

あなたのように図形的な解釈をすれば、『王』という文字の形があらわす通り、王とは天と地と人を真っすぐにつなぐ存在であり、王のなかの王というのは、『三界に住まう者』をあらわすのですよ」

マヤはあることを思い出して、ブルブルッと身震いをしていた。宇宙図書館の本棚で『われ三界に住まう者』という本を見かけたことがあるような気がしたからだ。

「そのファラオは、ご自分の持っている力を、分け隔てなく民衆にもたらそうとしたのです。そんなことは、それまでの常識から考えて異例のことでした。仲介者なしに、誰もが宇宙情報に直接つながれるような世界を、想像してみてごらんなさい。それは、肉体を持ったまま、光の国に入るようなことです。そして、彼は多次元的な領域にアクセスする能力に長けていました。今のあなたにとっては、宇宙図書館の大先輩のような存在といえるでしょう。

しかし、地上に太陽の国をもたらそうという、ファラオの夢は失敗に終わりました。なぜ失敗したのかといえば、多くの人々は生存のために必死で、ファラオの思い描いていた光の世界など望んではいなかったからです。

人々の意識と共に歩む、というファラオの夢は、残念ながらかないませんでした。ファラオは時を急ぎ過ぎたのです。ある意味で、時が来るのを待てなかったのです。その時とは、惑星地球の波動が宇宙とどれだけ共鳴できるか、そのタイミングにかかっているのですよ」

シーンと張り詰めた空気が、ピラミッド全体を覆っていた。時空を超えて多くの「目」が、マヤのことを見つめている。一つひとつの「目」の奥には光の文字が描かれ、この文字を読んでくれ、こっちの文字も読んでほしいと迫ってくる。

「……マヤ、あなたはいつまで記憶を封印しておくおつもりですか？　ワタクシ、アヌビスは、いつもあなたのそばにいたのに」

一瞬アヌビスは、今まで見せたこともないような、淋しそうな表情を浮かべていたが、突然、アンテナのようにピンと耳を立てて、シッポをクルクルとまわすと、ラピスラズリがちりばめられた天球図が振動をはじめた。その振動音がだんだんと大きくなり、四方八方から星の光が射し込むと、頭のうえからバケツで水をひっかけられたように、古代エジプト時代の情報が怒涛の勢いで降りそそぐ。この膨大な情報を、どうやって言語化したらいいのか、マヤは途方に暮れてしまった。

「マヤ、あなたが、あなたらしく在らなければ、誰もあなたのことを探せませんよ。あなたは、レムリアの彼が、自分のことを憶えていないと言いますが、あなたがご自分の本質に気づき、そのエッセンスを純粋に表現しなければ、彼があなを思い出せなくても仕方ありませんね。ありのままの自分でなければ、たとえご縁のある人に巡り逢っても、その人は、あなたの前を通り過ぎてしまうことでしょう。彼があなたを憶えていないのではなく、あなたがあなたを憶えていないのです」

たしかにアヌビスの言う通りなのだろう。自分の本質を隠すことに専念し過ぎて、本当は自分が誰なのか、マヤにはわからなくなっていた。

「マヤ、地上に太陽の国を建設するプロジェクトに、一体どれだけの人々が関わっていたか思い出してください。それは、3次元に住む人間だけではありませんよ。多次元的な存在も大勢参加していた、大きなプロジェクトだったのですから……」

アヌビスの言葉を聴いているうちに、かつて夢で見た憧憬が、幾つもいくつも込みあげてくる。街が滅び、国が滅び、人々が去っても、それでも太陽は、東の空に昇り、純白の空を茜色に染めてゆく。荒廃した星に独りたたずみ、神々しいまでの光を放つ朝日を、畏敬の念を持って見つめていたこと。

……自分は何度同じことを繰り返せば、気がすむのだろうか？

何度も繰り返し夢で見た、忘れがたい記憶は、いつのものかはわからなかったが、その頃もアヌビスは、宇宙図書館を案内してくれていたにちがいない。心の深い深いところから、マヤは最後にこうつぶやいた。

「ありがとう。アヌビス……」

アヌビスはラピスラズリのなかからマゼンタ色の光を取り出して、マヤのハートの中心に向かってその光を照射すると、そこはすでにエリア＃５の中央広場だった。アヌビスが背中の羽根を羽ばたかせると、天空から白金に輝く粉が舞い降り、光の道がうっすらとあらわれたが、数歩先はもうなにも見えなかった。

「さあ、旅立ちの時です。ここから真っすぐに、光の道を歩んでゆきなさい。正しい道はアンクが示してくれるでしょう」

アヌビスはそう言い残すと、ラピスラズリのような深い音になり、黄金の光のなかへと消え去って行った。

7の扉は汝自身で開けよ

第5章　空の旅へ

《鏡のなかのもう一人の自分》

歩みを止めることなく、真っすぐ前だけを向いて、マヤは光の道を歩んでいた。

それはまるで、雲のうえを歩いているような感覚だったが、道に迷いそうになると、首からさげていたアンクが、方位磁石のように行く手を指し示してくれる。

しばらくすると、雲のあいだから、唐突に扉が見えてきた。なぜ、空に扉があるのか不思議に思ったが、アンクがその方向を指している。試しに扉の前を通り過ぎてみたが、アンクは方向を変えて再び扉を指しているのだった。

「アヌビス、どういうことなの？」

アンクに向かって話しかけてみると、アンクに映るマヤの瞳には、『大丈夫。自分を信じて』という金色の文字が浮かびあがっていた。

再び顔をあげると、目の前に出現したものを見て、一瞬、背筋が凍る思いがしたが、よく見ると扉には大きな鏡がついていて、自分の姿が映っていただけだった。それはなんの変哲もない普通の鏡で、鏡の裏側を覗（のぞ）いてみてもそこにはなにもなく、ただ一枚の鏡が雲の間に忽然とあらわれたのだ。マヤは鏡の前を行ったり来たりしながら、アヌビスに教えてもらった鏡の力を思い出そうとしている。

自分の姿を消して、鏡の世界に入るには、心を透明にして、自らの輝きを放つことだと、アヌビスは言っていたが、心を透明にすることと、自らの輝きを放つことは、ベクトルが反対方向ではないのだろうか……。

鏡の前に立ち、瞳の奥にゆらめく光を覗き込むと、黄金の龍のようなものがチラチラとゆれている。鏡の向こう側にいる人は自分よりはるかに進化した人のようだったが、瞳の奥を見ているうちに、その光はレムリアの彼と同じ光を放っていることに気がついた。マヤは思わず左手を鏡につけて、手と手を重ねてみると、手の平にあたたかいぬくもりを感じた。そのぬくもりは光の渦になり、まるで黄金の珠が手のなかに握られているようだった。よく見ると光の珠には図形が浮かびあがっている。マヤはその図形を瞳の奥にダウンロードして眼を瞑（つむ）った。

脳裏にはほのかに黄金の図形が浮かびあがり、ゆっくりとハートの中心にまで降ろすと、胸元にさげていたアンクから放射状に光が放たれ、すべてのものが透明になっていった。それは、今まで一度も見たことがないような、明るくあたたかい光なのだが、不思議なことにまったく眩しさを感じない。細かい粒子が軽やかな音をたてて鳴り響いている。マヤは自分のなかに光が入って来ることを許し、同時に光のなかに自分が溶けてゆくような感覚を味わっていた。自我というものが光に溶けて、心が透明になった時、マヤは鏡のなかに吸い込まれていった。

ふと、振り返れば、入ってきたはずの扉はどこにも見当たらないが、どうやって元の世界に戻ったらいいのだろうか。一瞬そんな不安がよぎると、目には見えない力が頭のうえから降りそそぎ、足元しか見ることができなくなってしまった。

瞳をゆっくり開けるように、少しずつ視線をあげてゆくと、前方には、中世ヨーロッパの街角のような風景が拡がり、かつてどこかで見たことがあるような懐かしさが湧きあがる。視線を一点に集中させ、耳を澄ませば、遠くで鐘の音が鳴り響いていた。いつかどこかで聴いたことのあるような音色が、耳の奥でうずき、空白の記憶のなかに鐘の音が響き渡る。路地を挟むように立ち並ぶ建物を見あげながら、目的の場所に向かって勝手に足が動いてゆく。そして、扉に手をかけると、マヤはなんのためらいもなく、分厚い扉を開け放つのだった。

扉の向こうから吹いて来る風を頬に感じた瞬間に、高速エレベーターを急降下する時に体感する、足の裏から光が抜けてゆくような感覚につつまれていた。肉体と肉体のまわりを取り囲む不可視のものが、ほんの少しずれて、肉体だけがストーンと下に落ち込むような不思議な感覚。くしゃみが出そうで出ない、足の裏がムズムズするこの感じは、時空を飛び超え、かつて訪れたことがある領域に足を踏み入れたことを告げている。目を瞑り部屋の空気をゆっくりと吸い込むと、古い記憶がほどけてゆくようだった。

「すみません、誰かいますかー？」

マヤは誰にも聞こえないような、小さな声を出していた。突然、龍が出て来るのではないかという、期待と不安が入り交じり、胸の鼓動が高鳴っている。

「……やあ、よく来たね」

どこかで聴いたことのあるような懐かしい声が響いていた。その声の主が、近づいてくる気配を感じたので、マヤは眼の焦点を後ろにずらし、耳を全開にする。耳を啓き、一言たりとも聞き漏らさないようにしよう。

目も眩むような青白い光を放っているので、その姿を捉えることはできなかったが、凛とした声の響きは、かつてどこかで聞いたことがあるような気がした。

「マヤ、秘密を守る者。そして時が来たら秘密を開示する者よ。汝がここにやって来ることはわかっていた。見たまえ、天空に浮かぶ星々と惑星の配置が、再びここに戻って来ることを告げている。惑星の光や天空に浮かぶ星々、銀河が織り成す光が、汝の耳にも届いていたはずだ」

その人物は、マヤの背後にいるはずの誰かを探しているようなそぶりを見せた。

「だがしかし、なぜ一人で、ここまでやって来たのか？　相棒はどうした？」

「相棒とは誰のことですか？」

マヤは心の奥では知っていることを、気づかないふりをしているかのようだった。

「自分の魂の相棒を忘れてしまったとは、なんとも嘆かわしいことか」

「……あなたは、わたしのことを知っているの？」

そうマヤが尋ねると、青味がかった銀色の光を放つ人はこう言った。

「いかにも。わたしは、わたし。わたしは未来の汝自身だ」


ああ、ついにこの人物が登場したのか……

マヤはため息にも似た嘆きの声を出していた。この人は、マヤがまだ幼い頃に、宇宙図書館へのアクセス方法を最初に教えてくれた人物で、聞くところによると、責任のある仕事をしている人らしいが、マヤにとっては、図書館ガイドのおじいさんであり、ガイドの「ジー」と呼んでいた人なのだ。

「幼い獅子よ、わたしとの再会がそんなに嬉しいのかね？」

「正直いって、あまり嬉しくはないけれど……」

なぜ、あなたはいつも、わたしのことを幼い獅子と呼ぶの？」

「それは単純なことだ。老いた獅子と、わたしは呼ばれているからだ。

獅子とは、目醒めた者のことである。

そして、汝はまだ銀河レベルの大人になってはいない。たった一人で、ここまでやって来た向こう見ずな幼い獅子だ。

わたしにとっては、名前なんぞどうでもいいことだが、名前の最初の音は、マヤにとって重要なキーワードのようだから、わたしを『G』と呼んでくれたまえ。しかし、この名はおじいさんの爺でも、重力のGでもなく、アルファベッド七番目の文字のGだ。

宇宙の深淵（しんえん）に流れる、7の法則を理解し、7という数字を真の意味で使いこなすことができたなら、この宇宙での学びはもう終わりにしても良いくらいだ。

それに、ここはエリア#7かという疑問に対して、ふさわしい名だとは思わないかね？」

その人はゆがみのない真っすぐな声で、高らかに笑っていた。

G……老いた獅子。

たしかに、この人の立ち振る舞いは、大型のネコ科の動物に似ていた。威厳に満ちた光を放っているので、かなりの高齢に見えるが、よく見ると顔に皺一つなく、動作が機敏で頭の回転が恐ろしく早いのだ。この人物より頭脳明晰な存在には、宇宙図書館でも地上でも、一度も出会ったことがなかった。その知性と行動力は、宇宙船の艦長か、救急医療チームの総責任者のようにも見えたが、地球の人間よりもはるかに背が高く、青味がかった肌をしているので、現在の地球人ではないことだけは確かだろう。なんの因果か知らないけれど、幼い頃に死の淵でこの人物に出会って以来、マヤは宇宙図書館にアクセスするようになったのだ。

この人が自分の図書館ガイドだと言うと、羨望の眼差し（まなざ）しを向ける人もいたが、それはまるで強化合宿か、罰ゲームか、もしくは、貧乏クジを引いたような気分なのだ。マヤが質問を発する前に、この人はすでに答えを脳裏に送信したり、なにを尋ねても禅問答のように人を煙にまいたり、いろいろなものに姿を変えてはマヤを困惑させたり……幼い獅子を谷底に突き落とすようなことを、この人はよくやるのだった。

正直いって、マヤはもうなにも質問する気力が残っていなかった。この人にあったら最後、どんな言葉も叩きのめされてしまうのだから、シンプルな質問にしよう。

「G……、ここは、どこなの？」

「幼い獅子よ、よく聞きたまえ。ここは、どこでもない場所の、時間のない時であり、そして、すべての場所と、すべての時につながっている、いわばゼロポイントの領域内だ」

ついに、Gお得意のナゾナゾがはじまったようだ。マヤは深いため息をついたが、ここで沈んでいる場合ではない。

「G！　ここは、エリア＃7の上空？　それとも太陽の国？」

「幼い獅子よ、その問いは、両方とも正解であり、両方不正解である。なぜなら、どのレベルで、『7』と『太陽の国』というものを認識しているかによって、その答えは変わるからだ」

Gの言葉を聞いて、マヤはあからさまに不服な顔をしていた。

「しかしながら、わたしの解釈を開示しよう。まず、ここがエリア＃7の上空かといえば、3次元的な解釈では、それは誤りだ。エリア＃13以上の世界では、エリア番号など、もう意味をなさないのだよ。13次元以降は、次元の区別すらなく、すべては一つなのだ」

マヤの脳裏には、唐突に、虹色の龍の映像が流れていた。それは、すべての次元を溶かす虹の光なのだろうか。しかし、その映像は遠い記憶の一コマなのか、懐かしい未来か、はたまた誰かが意図的に見せている映像なのか、まったく見当もつかなかった。

「よく考えてみたまえ。エリア#13より先の数字、エリア#14、15、16、17……などという数字を、宇宙図書館において、今まで一度だって、見たこと聞いたことがあるだろうか？」

「それでは、次の質問に移ろう。ここは太陽の国かという問いだが、それは汝にとって、太陽の国とはなにを指すかによって答えは変わる。少なくとも太陽の国は、太陽にあるわけではないだろう。なぜなら、太陽は太陽だからだ。そして、その太陽ですら、もっと大きな太陽を中心にして、銀河のなかをまわっているのだ。

きみが言う太陽の国とは、惑星意識にとどまることなく、恒星意識へと進化することを比喩的に表現しているのだろう。それは意識の拡大を指しているのであって、恒星意識を持つ者が、『国』などという限定された発想を持っているとは、わたしには到底思えない」

探し求めていた「太陽の国」が、あっさりと封じ込められて、マヤは戸惑いの表情を浮かべていた。

「……でも、わたしがここにやって来ることが、わかっていたと、Gは言ってたよね。天空に浮かぶ星々と惑星の配置が、ここに来ることを告げていたと。それでは、わたしの運命は、天体の配置や惑星からの光によって、すべて決まっているの？」

「汝の今の意識レベルでは、そうだ」と、Gは言う。

「今の意識レベルと運命は、どう関係があるの？

それにわたしの記憶違いでなければ、ここはルネッサンス時代の工房だと思うけれど……」

あたりを見渡してみても、そこはかつてルネッサンス時代の過去世で多くの時を過ごした、勝手知ったる工房のようだった。描きかけの絵があったので、その絵にツカツカと歩み寄ると、マヤは驚愕のあまり、うわずった声を発してしまう。

「こ、この絵は、なに？」

「これは、きみが描いている途中の絵だ」

Gは淡々と答えていた。

「わたしが？　描いている！　途中の？」

マヤは驚きのあまり大袈裟な声を出す。

「その通り。この時代のきみは、今頃、隣の部屋で居眠りでもして、遠い未来の夢を見ていることだろう。彼を叩き起こして、時間軸が違う自分自身に会ってみるのもいい」

「そんなはずないよ。これは天使をあらわす『図形』で、ルネッサンス時代のわたしは、図形で天使を描いていたおぼえはないし、もっと擬人化した天使を描いたはず」

「いかにも。いくら純粋な形で天使のエネルギーを降ろすからといって、図形で天使を描いていたら、人々の『共感』というものは得られないだろう。幾何学的なパターンだけで、これが天使だと共鳴できるのは、現在の惑星地球においては、150万人に1人くらいだ。ルネッサンス時代のきみは、天使を表現する図形を知っていたが、他の人にもわかるような表現方法を用い、天使を擬人化したのだ。多次元のものを、2次元の絵画や文字で表現するには、多くの人が共感できるような方法を使わなくては、その心情までは伝わらないのだよ。

そして、赤味を帯びた皮膚に、人間らしい目鼻をつけて、ふっくらとした唇と、風にそよぐ髪を描き入れたまでだ。ルネッサンス時代の職人の多くは、美の根底には幾何学的なパターンや、宇宙共通の比率が隠されていることを熟知していたのだ」

そんなことが本当にあり得るのだろうか……。

天使の絵の、その下絵に描いている図形をマヤは穴があくほど凝視していたが、やがて、二つの次元を仕切っている透明な膜のようなものが目の前にあらわれた。その透明なヴェールには、光の幾何学模様が、影絵のように映し出されている。そして、光の幾何学のなかから、大きな青い天使が羽根を広げているのが見えてきたが、これは、遠い記憶なのかもしれない。もしこれが過去世の記憶ならば、その青い天使は、たしかにこう言ったはずだ。
「人間的な青を使って、わたくしを表現してください……」と。
マヤは勇気をふるって、透明なヴェールを勢いよく解き放つと、青い天使は微笑(ほほえ)んで、あの時と一字一句同じことを言っている。マヤは透明なヴェールを握り締めながら、かつて夢で見た情景が現実にあらわれたような、デジャブにも似た感覚にとらわれていた。天使の瞳の奥を見つめていると、時空の整合性がなくなり、軽い目眩(めまい)がした。

「G……は、ユリのことを知っているの?」

「ユリ……エル? 美しい天使の名だ」

「ユリエルではなく、ユリです。ユリ。ユリは今3次元に存在しているわたしの友人で、ゼロポイント・プロジェクトのメンバーでもあるし、それに、ルネッサンス時代に、わたしたちは同じ工房で働いていたの!」
マヤはキッパリとそう言い放った。

「それは愉快だ。遠い過去世において、自分が描いた天使の絵に、今生3次元で出会い、その天使に助けてもらえるとは。なんて、幸運に恵まれた子だろう」

Gは眼を細め、娘の友人に対して、心の底から感謝している父親のようだった。しかし、マヤは頭が混乱して、なにがなんだかわからなくなっていた。ユリはルネッサンス時代に、同じ工房で働いていた絵描き仲間だったはずではないか。その証拠を見つけて、Gに突きつけてやろうと、工房のなかを闇雲に探しまわってみたが、かつてのユリらしき人物は、どこにもいなかった。

……それとも、Gが言う通り、ユリは自分が描いた天使だったのか？

過去世で描いた絵が、遠い未来である今回の人生において、自分を助けてくれるなんていうことが本当にありえるのだろうか？　マヤは自分の感情に浸らないように、離れたところからこの状況を客観視したものの、「人間的な青」、「非人間的な青」、というユリの言葉を思い出し、ただ笑うしかなかった。

「幼い獅子よ、きみの思考は未熟なタイムトラベラーのように、ふらふらと時空を浮遊している。どの時空に行くのも自由だが、必ずハートの中心にセンタリングを心がけるように。きみは今、わたしの言葉を正面から受け取れる状態にはない。なぜなら、自身がハートの中心から言葉を発していないからだ。そんな問答は時間の無駄だ。

幼い獅子よ、太陽の国へ、いわば恒星意識へとたどりつきたいのなら、その秘訣はただ一つ。どんなことがあっても、ハートの中心にとどまることだ。ゆがみのない魂の言葉を発しない限り、その領域へ踏み入ることはできない。幼い獅子よ、魂の深淵からわきあがる、真実の言葉を発したまえ。

どんな時もハートの中心に戻るための秘密の言葉を教えよう。このジュモンは今のきみにとって、とても重要なものだ。決して忘れてはならない」

マヤは急いでメモ用紙を取り出して、その言葉を一字一句書きとめようと身構えていた。

「ハートの中心に戻るためには、自分の名前を三度唱えることだ」

「えっ、それだけ？」

「そう。

一度目は、天に向かって名前を唱え、上方に宇宙の光を感じながら左まわりに螺旋を昇る。

二度目は、地に向かって名前を唱え、下方に地球の中心を意識しながら右まわりの螺旋をくだる。

そして、三度目の音と共に、必ずハートの中心のゼロポイントに着地するように」

宇宙図書館が三層構造になっているように、物事を3次元に現実化させるには、三度目の言葉が、ことさら重要なのだとGは言う。三度自分の名前を唱えることは、宇宙図書館の三層に刻印することと同様、一つでは点、二つでは線、三つ目ではじめて面になることを暗喩しているそうだ……。

マヤがハートの中心にシッカリと着地したことを確認して、Gは話を続けた。

「それでは、天体の配置や惑星からの光によって、人生はすべて決まっているのかという問いに答えよう。この宇宙には、普遍的な宇宙のサイクルというものがある。夜空の星を見てごらん……数多（あまた）の星が輝いているだろう。惑星の影響など、この広大な宇宙空間からみれば塵のように、ちっぽけなものだ。幼い獅子よ、宇宙はもっともっと宏（ひろ）いのだよ。

惑星が放つ光は、スターゲートを描いているにすぎない。天体や惑星の配置は、いつその扉が開くのか、われわれに伝えてくれるサインなのだ。そのゲートから射し込む光をどう解釈するか、そこからなにを受け取るかは、一人ひとりの選択次第なのだ。どのスターゲートから、どのような光が射し込むかは統計的にはわかっている。しかし、すべてのものには表と裏があり、そしてさまざまなレベルがあるのだ。自分がどの層にアクセスし、どう認識するかによって、状況はまったく変わってくる。真実は一つだ。しかし、その方法は実にさまざまなのだよ」

「それでは、人の寿命についてはどうなの？」と、マヤは尋ねてみた。

「たとえば、人の死と誕生について考えてごらん。運命によって、死ぬ日が前もって決まっていると仮定しよう。しかし、本人が強く希望すれば、それより早くあちらの世界へ行くことも、滞在を延長することもできるのだ。転生が自己申告制であるように、死も自らが選択している。そこに、運命などというものが関与する隙はない。しかし、自ら命を絶つことは、異界へ不法入国するようなものなので、その後の手続きが面倒になるのだ。いくら逃げても、それを乗り越えない限り、何度でも同じパターンのものがやってくるだろう。

わたしが知る限りにおいて、運命など決まってはいない。自分がその運命を信じたとき、それは現実のものとなる。自分が考えたものに、いずれなってゆくのだ。汝らが運命と呼ぶものに囚われている姿は、物質世界の現象だけに翻弄され、7次元には行かれないさまに似ているではないか。7次元より先へアクセスすれば、運命や宿命に左右されることはない。星々の運行や数字に囚われているのは、6次元より下の存在だけなのだ。この呪縛から超えたところに、いずれ地球の民も踏み出して行かなくてはならないのだよ」

「どうやって、6次元から7次元に行くの?」

「6次元から上昇するには、風を起こし変容の炎を呼び醒ますことだ。

たとえば、不意にクシャミが出るような時、クシャミとはハートの中心からずれてしまった軸を設定し直しているのだ。
しかし、自ら風を起こせないというのなら、予期せぬ想いがきみの手助けをするだろう。それは、誰に手を引かれているかも知らずに、目隠しをされたまま細い綱を渡っているようなものであり、自分の意志でコントロールすることは不可能だろう」

エリア#6と7が離れたままでは、いつまでたっても自分の意識をコントロールすることはできないのかもしれない。6次元と7次元の間にあるヴェールに映った影絵のような世界ではなく、真実の光を直接この目で見ることはできないのだろうか？　もし、これが惑星地球の運命だというのなら、そんな運命など変えたい、とマヤは思った。

「もしかしたら、レムリアの時代と、古代エジプト時代、ルネッサンス時代、そして今わたしたちが生きている21世紀に共通しているものは、この図形……？　6次元と7次元の溝をつなぐものは、自分自身の意識のなかにあるのだろうか？」

「いかにも。古代エジプトのある時代と、汝らが生きている時代には、同じ図形が刻まれている。虚空に刻まれた図形をゲートにして、二つの時代を行き来できるのだ。
幼い獅子よ、よく聞きなさい。われわれは、虚空に刻まれた図形だけではなく、鏡の原理を使って、時空にゲートを開けることに成功したのだよ。図形を見ただけで、他次元に行かれるという理論を簡単に説明すれば、それは自分の瞳の内側と外側にゲートを創ることに他ならない。その秘訣とは、内側と外側をひっくり返すこと、内と外を反転させることなのだ」

「えっ、どういうこと？　内側と外側を反転させると、そこはゲートになるの？」

マヤは小首を左右にかしげ、チンプンカンプンの顔をしていた。

「幼い獅子よ、『空間ずらし』という言葉を聞いて、なにを想像するだろうか？」

Gはマヤの瞳の奥を読みとっていた。

「そう、『空間ずらし』があるのなら、どこかに『時間ずらし』があるに違いないと思うだろう。しかし、時間と空間について、汝らの知性は、まだまだ未熟だ。なぜなら、時間について語るには、時間から離れたところから、時間を観察しなければ、本当の姿はわからないからだ。

時間とは、空間の上を漂っているものでも、空間を押しやって流れて行くものでもない。時間と空間は、扉の表と裏の関係なのだ。時間と空間は、同じものの、入口と出口にすぎないのだよ。同じ一つのものを、外側から見るか、内側から観るかの違いだけなのだ。

そして、時間とは、空間と背中合わせに貼りついているものであり、両者は決して分かつことはできない。どんなに距離が離れていても、分かつことのできない双生の魂や双子の電子のように、時間と空間は、聖なる双子と呼ばれている。

もし、きみが3次元に住んでいると主張するならば、進化を遂げた際には、次に向かうのは、5次元の世界だ。なぜなら、汝らはすでに4次元を内包し、4次元時空間にいる。厳密に言えば、現実だと思っている3次元の世界から、137分の1ずれたところに4次元の真実の世界が重なっているとも言えるだろう。次元と次元の透き間に、夢と現実の狭間（はざま）に真実があるのだ」

「幼い獅子よ、言葉の森に迷い込まないうちに、結論から先に言っておこう。時空を旅するとは、『空間ずらし』のことなのだ。時間をずらすことと、空間をずらすことは、同じものの表と裏を表現しているにすぎない。時間とはアナログ状態で流れているわけではないということは知っているだろう。一本の線のように継続するものとは、時間ではなく、われわれの『意識』なのだ。

時間とは、空間と共に、デジタルの形で存在している。デジタルの時間をつないでいるものが、われわれの『意識』なのだ。この宇宙は、われわれの『意識』からできているということを忘れてはならない。

他の時間領域に行くには、座標軸を設定し、特定の図形や数字のコードを使って、『空間ずらし』を行っているにすぎない。そして、それがタイムトラベルの奥義でもあるのだ。

きみがタイムトラベルの際に使っている図形や数字のコードは、共鳴の原理を用いている。

単純にその仕組みを表現すれば、時間軸と空間軸にそれぞれ出口と入口のコードを設定する。それが、スターゲートというものなのだ」

Gはマヤの背後を見ながら、その理解力をスキャンしているようだった。

「もう一度、同じことを言うので、よく聞きたまえ。Z＝１３７分の1という数式は、『空間ずらし』の方法をあらわす極秘のコードだ。汝が現実だと思い込んでいる世界と、微妙にずれたところに、もう一つの現実の世界がある。その二つの世界の誤差をあらわすものが、１３７分の1なのだ。現実だと思いこんでいる世界から、１３７分の1ずれたところに、きみが言うところの太陽の国があると言っても過言ではない。

この数式は、二つの世界に橋をかけ、光の道を一本につなげることができる。現実と思い込んでいるまぼろしの世界と、まぼろしだと思い込んでいる現実の世界のゆがみを修正する。この数式の奥儀を自分のものにしたら、もう地球でのお遊びは終わりと言ってもいいくらいだ」

「Z＝１３７分の1は……空間ずらし……もう一つの現実の世界がある？」

マヤは小声でボソボソと、つぶやいていた。

「それでは、Zはなにを指すのかな？　まさか、アルファベッド第26番目の文字という意味ではないよね」

「きみにとっては、26番目というのも悪くない答えだ。なぜなら、26の半分は13で、26の倍は52だからだ。ゆがんだ時空を直し、２万６０００年前のアクセスコードとして使いたまえ。そうすれば、なぜ、今という時を選んで惑星地球に滞在しているのかわかるだろう。

Ｚとは、ゼロポイントをあらわすＺ。三次元空間のＺ軸。もう後がない最後到達点を示すＺ。Ｚは天空に輝くある星座を指し、ＺはＮを90度回転させたもの。そして、目醒めの時が来ているのに、ＺＺＺ（グーグー）……いびきをかいて眠り込んでいるきみ自身だ。寝ぼけた意識を目醒めさせ、虚空に浮かぶそのサインを見逃さないようにすることだ。Ｚは多次元的な意味を持ち、多くのことを語りかけているのだ」

「幼い獅子よ、物事を複雑に考えていては、時間と労力の無駄だ。宇宙はとてもシンプルにできている。１３７という数字は単に、宇宙図書館にある、13のエリアの真ん中は、エリア＃７、ということを知らせているだけかもしれない。いくら現実とまぼろしの誤差を示す定数のことを説明したところで、１３７という数字からなにを読みとるかは、意識の進化レベルにもよるのだ。

現時点できみが理解できる１３７は、せいぜいここまでだ。さあ、１３７のことは手放して、とっとと次の式に行こう。

幼い獅子よ、二極性を統合して、それを超えた向こうにはなにがある？

それを超えたあと、どこに行くのか？

たとえば、この計算式、（11＋11）を超えたあと、汝はどこに行くのか？」


「（11＋11）＝22 を超えたあとは……？」


「幼い獅子よ、魂はその答えを知っているので、わたしが代わりに答えよう。

22を超えた後は、『高みに昇れ』だ。

さあ、魂の底から変容の炎を起こし、世界の果てから風を呼び寄せ、一気に高みへと翔けあがるのだ」

Gは杖の先から光を放ちながら虚空に図形を描き、その図形を回転扉のように押してなかに入ってゆく。扉の向こう側は霧がたちこめ、純白の世界が拡がっていた。


「さあ、この塔のてっぺんに昇る時がきた」

霧のなかからGの厳かな声が聞こえている。

突風と共に急速に霧が晴れ渡ると、目の前には真っ白い塔が、はるか天空に向かって伸びあがっている。マヤは呼吸を整えながら、塔をなぞるように目でたどってゆくが……雲にまで届きそうな塔には、階段も梯子（はしご）もどこにもついていない。

「……階段も、ないのに、どうやって、昇れというの？」

マヤは空を見あげて、あえぐような声をだしていた。

「幼い獅子よ、汝はすでにその答えを知っているはずだ」

「そんなの知らない。たとえ知っていたとしても、なぜ、わたしがこんなことをしなければいけないの？」

マヤはだんだん腹が立ってきた。寝起きに壁の文字を読まされ、エリア#6と7の間を修復せよという言葉を頼りに、酷寒の氷の世界や、乾いた砂漠地帯をさまよったあげく、今度は雲にまで届きそうな塔に昇れとは。

「闇を恐れることなかれ。光が強ければ強いほど、濃い影が落ちるものだ」

「G！　意味がわかんないよ。影を作るような強烈な光が、本当に必要なの？　高みから降りそそぐような強い光ではなく、まわりに影を作らないような光を選ぶことは、今のわたしにはできないの？」

「よく憶えておきなさい。いったん高みを極めた者でなければ、人々を照らすような、やわらかい光を自ら放つことなどできないのだ」

「だからといって、高みに昇れといわれても、どうやって昇ればいいの？　この塔には、階段もなければエレベーターもついていないじゃない」

「幼い獅子よ、冷静に考えてみたまえ。宇宙図書館のエリア#12から、エリア#13に移行する際に、どのようにして昇るのか？　そこには、階段やエレベーターがついているのだろうか？　なぜ、この塔には階段がないのか。すべてが一つにつながってしまえば、そこには階級意識や次元の区別などないということを知っているではないか」

こんなに高い塔に昇れるわけがない、そんなの無理だ。マヤは心のなかでそうつぶやいていた。Gのスピードと峻厳(しゅんげん)さにはもう着いて行かれない……。心がざわざわと音を立てていた。

その音に呼応するように、あたりの草がゆれている。

風はどこから吹いているのか、瞳を閉じて、耳を澄まし、風の音を感じてみよう。

その音は、心臓の鼓動の向こう側から吹いているようだった。

右の耳から聴こえてくる音は、身体の下の方へと流れてゆく。

左の耳から聴こえる音は、天に向かって真っすぐに伸びあがる。

二つの音が遠ざかるにつれて、時空の壁がシャボン玉のように伸びて、もう限界だと思った瞬間に、青白い閃光が走った。

まばゆい光が徐々に遠ざかり、ゆっくりと目を開けてみると、塔には光で描かれた図形が浮かびあがっている。それはまるで、古代エジプト時代の、オベリスクのように見えた。

Gは、静謐（せいひつ）な寺院に響き渡る祈りの声のような、厳か（おごそ）な声を発していた。今はもう地上にはない古代の言葉を唱えると、塔にはあかりが灯ってゆく。


「さあ、今ここで、風を起こすのだ。

ハートの中心にある虚空の音を聴き、天空から黄金の龍と地底から青い龍を呼び寄せるのだ」

あまりにも不意をつかれた言葉に、マヤは返す言葉もなく、ポカンとした顔をしていた。


「幼い獅子よ、『獅子』とは、『龍使い（りゅうつか）』の呼称であることを忘れるな」

「龍使い？　それは……ヘビ使いの親戚？」

自分の発した言葉がミョウにおかしくて、マヤは思わず笑ってしまう。自分で自分を笑わなければ、Gが話している突き抜けた宇宙情報には、とても着いて行かれないのだった。

「幼い獅子よ、よく聞きなさい。二つの異なるものを束ねる際、双方の間には必ずゼロポイントが介在している。ゼロポイントは異なる性質のものを一つに結ぶことができるのだ。ただし、ゼロは目には見えないので、その存在を認識することは困難だろう。

ゼロポイントについて熟知していなければ、火と水を統合することなど所詮不可能である。ゼロポイントの仕組みを理解し、その使い方をマスターしなければ、きみは火と水を統合することなどできないのだ。そもそも、きみはゼロポイント・プロジェクトの一員なのだから、そんなことは十分理解しているだろう」

マヤは肩をすくめて、首を横に振っていた。

「龍という存在は、この宇宙に拡がるエネルギーの総称であり、本来、龍に善悪はなく、ただエネルギーの流れとして存在している。そこに意味をつけたのは人間の方だ。一旦、意味を与えたエネルギーは、その手を離れてからも宇宙を駆け巡り、一人歩きをするということを忘れてはならない。

獅子という存在は、この宇宙に拡がる目には見えないエネルギーを自在に操ることが出来る者の総称である。具体的には、土、水、火、風、空、そしてゼロポイントを自らの意志でコントロールしつつ、宇宙の創造に参加している者、もしくはその意識状態を指す。地球人類はもともと自らの内に、土、水、火、風、空をあらわす五つの立体図形を保有しているので、あとはゼロポイントにフォーカスできれば、本来、すべてのものを創造できる資質を備えているのである。

龍とは宇宙に遍満するエネルギーであり、そのエネルギーの流れを自在に扱うことができる者のことを、われわれは獅子と呼んでいる。すなわち、プラスとマイナス双方のエネルギーを束ね、ゼロポイントを自在に操ることが、龍使いとしての仕事なのだ」

Gの話を聞いているうちに、「龍使い」とはヘビ使いの親戚ではなさそうだということだけはわかってきた。たしかに、龍の絵や龍の置物を見ると、丸い珠を握っていることが多いが、あの珠を幾何学的に解釈すると、ゼロポイントを球体にしたものだったのか……。

立ち止まって、想像力をふくらませている暇はなく、さらに、Gによる突き抜けた宇宙情報は続く。

「龍と獅子の関係について理解できたら、次は、自ら風を起こす方法について説明しよう。

自ら風を起こすには感情というものをコントロールして、風のエレメントを呼び寄せるという方法が一般的であろう。まずは、心臓の鼓動に耳を傾け、その向こう側にある風の音に意識を集中させる。意識をゼロポイントにチューニングして、自らの感情をコントロールすれば、宇宙に遍満する五つの要素、すなわち、土、水、火、風、空のエレメントを、ゼロポイントの領域に呼び寄せることができるのだ」

……そんなの無理だよ。というマヤのつぶやきを通り抜け、Gの説明は熱を帯びてゆく。

「天空から黄金の龍と、地底から青銀色の龍を呼び寄せ、風を起こす方法について説明しよう。天空からの龍を火の龍、地底からの龍を水の龍と定義してもいい。なぜなら、ここで用いる要素は、『火』と『水』、そして『ゼロポイント』だからである」

「実際にゼロポイントの図形を使って説明をしよう。ゼロポイントとは宇宙の仕組みであり、宇宙創造の原理をあらわす図形でもある」

Gはそう言いながら、虚空に縦軸、横軸、前後の軸からなる三方向の軸を設定し、三本の座標軸が交叉する点を中心にして、大きな円を描いてゆくのだった。

「まず、横軸より上部に位置する円錐形に、黄金の龍を呼び寄せる。天空から地上に向かうエネルギーは右回転を描き、その反対に地上から天空に向かうエネルギーは左回転を描いている。チャクラと呼ばれている幾何学図形の回転方向とベクトルについても、この法則は有効である。さあ、縦軸を回転軸にして、ゼロポイントの立体図形を虚空にイメージしたまえ」

マヤは目を瞑り、縦軸を中心にして、ゼロポイントの立体図形をイメージしようと試みたが、自分の身体がクルクルまわってしまい、なかなかイメージするのは難しい。

「立体をビジョン化するのが難しい場合は、頭上に右まわりの円を描いてもいい。右まわりの旋回に天空から地上に向かう黄金の龍を呼び寄せ、ゼロポイントの真ん中の部分で待機していれば、地底から青銀色の龍がやってくる。

ゼロポイントの真ん中をビジョン化するのが難しい場合は、光からできた中心軸を自分の身体にイメージして、ハートの領域に縦軸、横軸、前後の軸を思い描いてもいい。その際、必ず身体の中心軸上に座標軸を設定するように。肉体の臓器の次元に意識をチューニングしないように注意しなさい。

このようにして、ゼロポイントの中心には、真空にも似た創造のスペースができる。カラッポの空間、すなわちゼロポイントの領域においては、片割れを引き寄せる作用があるため、自分の意思を使って風を招聘すれば、風はどこからともなくやってくるだろう。実にシンプルで美しい原理だ」


「たとえば、このゼロポイントの図形を使って、エリア＃6と7の関係性を説明しよう。横軸の上部にある円錐形を7、下部の円錐形を6と仮定する。現在の地球人類の多くは、6は横軸に接しているが、上部にある7は横軸から離れてしまい接地していない状態なのだ。その逆に、7は接しているが、下部にある6が離れているパターンもある。エリア＃6と7の間に溝がある様子を幾何学的に表現すると実に簡単明瞭だ」

「そうか。この離れているところをくっつければいいんだね！　エリア＃6と7がくっついていない様子を、図形を使って見るとわかりやすいね。……でもG、どうやったら離れてしまった二つがひっつくのかな？」

「それはいい質問だ。異なる二つのものをつなぐには、二つの世界を結ぶ橋を架けることだ。すなわち、架け橋となるゼロポイントを設置するのだ」

「架け橋は、ゼロポイント？」マヤは驚きの声をあげていた。

「いかにも。二つの異なる力を統合したとき、そこにゼロポイントができるのだ。二つの異なる力とは、プラスとマイナス、昼と夜、光と闇、黄と青、火と水でもいいが……。それは二元論に囚われている入門者のやり方でもある。ゼロポイント・プロジェクトの一員であれば、今まで非公開にされていた上級者篇も覚えておいてほしいものだ。

幼い獅子よ、よく聞きたまえ。ゼロポイントの奥儀とは、内側の世界と外側の世界を反転させること。個であり全体、全体であり個という視点を獲得することにある。われわれは、ミクロコスモスであり、マクロコスモスでもある。すなわち、われわれの外の世界にも宇宙があり、内側の世界にも同じように宇宙空間が拡がっているのだ。わかったか」

わかったかと言われても……マヤは困ったような顔をしていた。

「幼い獅子よ、ゼロポイントの球体を用いて説明しようではないか」

Gは透明な球体のなかにゼロポイントの立体図形を入れると、その球体を手に持って話を続けた。

「惑星地球の中心には、このゼロポイントと同じ形の球体が存在している。そして、惑星地球の外側にも同じゼロポイントの球体がある。同じ形を共鳴させて、惑星地球の内側にも、外側にも意識を向けることができるのだ。

別の言い方をすれば、惑星地球の中心から世界を見ることも、惑星地球の外側から世界を見ることもできる。そして、双方向の視点を束ねることが重要なのだ。

地球人類はいまだ一つの視点しか獲得していない。自分の内側から外の世界を見るというベクトルだけで、その反対の視点をまだ獲得してはいないのだ。ミクロコスモスでありマクロコスモス、個であり全体、全体であり個であることを理解するには、世界を反転させ双方向のベクトルを束ねることである。どちらか一方に固執することなく、包括的な視点に立つことが重要なのだ。360度の球体の視点を獲得できれば、多次元的な意識に到達できるだろう。

今まで常識的に信じていたことも、角度を変えて見ることが重要である。地表面にへばりついていた地球人類も、宇宙空間から惑星地球を見ることによって、飛躍的に意識が拡がることだろう。図形には内側と外側を反転させ、見る側と見られる側の間に距離というものを形成する作用がある。距離があってはじめて認識できる関係がある。つまり、惑星の表面にいたら見ることができない本来の姿というものを、視点を切り替えることによって一瞬にして理解することができるのだ」

「幼い獅子よ、よく聞きたまえ。汝のハートの領域には、ゼロポイントの球体が存在している。そして、身体のまわりにも、同じゼロポイントの図形が描かれ、目には見えない光の繭のように包みこんでいるのだ。すなわち、自分の内側から世界を見、外側から自分を見ることも可能である。この二つの視点を統合することが重要なのだ。

ゼロポイントを使えば、一瞬にして世界を反転させることができるのだ。ゼロポイントの中心点からは、常に等距離で進むことができる。点と球、球体の表面と空間の内部へとスイッチを切り替えるように意識を変換できるのだ。

この宇宙の中心には、ゼロポイントがある。外側にもこの宇宙をつつみこむようなゼロポイントの図形が描かれている。そして、内側にあるゼロポイントと、外側にあるゼロポイントの中心点は同じ点を共有しているのだ。

任意の点を自ら設定する、自らの意志で中心の点を打つことが重要なのだ。つまり、中心は常にゼロポイントになっていると知りなさい」

「どうやって？　……なんか、むずかしいね」

Gはマヤの理解度をスキャニングすると、颯爽と身体を翻して、話の角度を切り替えてゆく。

「幼い獅子よ、アプローチを変えよう」

Gはゼロポイントの立体図形が入っている透明な球体を、そっとマヤに手渡した。透明な球体を受け取った瞬間、マヤは太陽のように顔を輝かせていた。

「……あ、本当だ。ゼロポイントの真ん中にも球体がある」

「そう。ゼロポイントの外側の球体と、真ん中にある球体は同じ形なのだよ。

たとえば、ゼロポイントの中心に意識をチューニングしてみたまえ。内側から外の世界を観ることもできるが、同時にゼロポイントの外側の球体の表面にも存在しているので、外側から自分自身を見ることもできる。本来、双方向の視点を持っているのだ。外から内、内から外、双方向の視点を統合して、現象を捉えることが、ゼロポイントの視点である」

ゼロポイントが描かれた透明な球体を触っているうちに、Gが言っていることが、頭ではなく体感として理解できるようになっていた。

「ゼロポイントについて、もう一つ別の角度から説明してみよう。

たとえば、コップのなかに2分の1、水が入っているとする。半分残っているという捉え方と、半分なくなったという捉え方がある。加算的な考え、減算的な考え、この双方のベクトルを統合して、２分の１「在る」という視点を持つことがゼロポイント的な発想の真髄でもある。プラス思考でもマイナス思考でもなく、なにも足さず、なにも引かず、ただ「在る」姿を淡々と捉えること。それが、ゼロポイントの意識状態に到達することなのだ」

「幼い獅子よ、エリア＃６と７を結ぶには、宇宙図書館全体を包みこむゼロポイントの図形がそこにあると認識し、そして、中心点をエリア＃６と７の間に設置することだ。真ん中の点は、汝自身で設置するのだ。

３６０度の視点を獲得すれば、いずれ、上も下も、右も左も、表も裏も、前も後ろもなくなり、個であり全体、全体であり個、そして、すべてを包括する視点に立つことができるだろう。それが、ゼロポイントなのだ」

透明な球体に描かれたゼロポイントを手にしているうちに、すべてのゆがみが解消され、バランスがとれてくるのがわかった。なんとも不思議なことに、今なら龍の気持ちが理解できるような予感がした。そして、プラスの数字も、マイナスの数字も、自分とペアの数字を見つけて、ゼロになりたがっているような気がした。マヤは数字の世界に足を踏み入れ、段々と意識がゼロポイントへと収束されてゆくと、意識を保つのが難しくなっていた……。

ゼロポイントの図

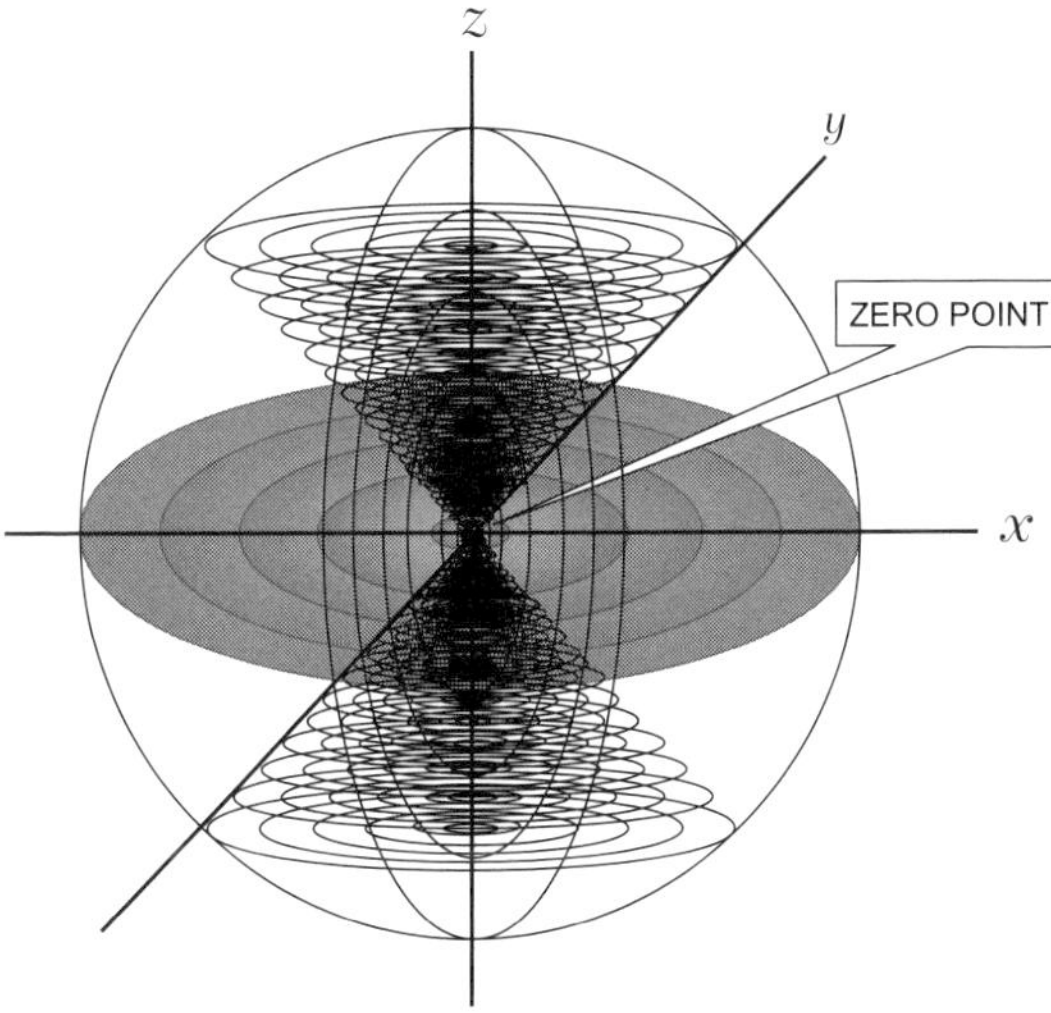

《スターゲート88》

「さあ、風を起こして、この塔に昇るのだ」

遠くからGの声が聞こえた。

マヤは眼を瞑り、頭上に渦巻きを描きながら、ハートのゼロポイントで、こうつぶやくのだった。

「……風よ、未来を切り開く知恵をください。

たった独りでも、突き進む勇気をください。

さえぎるものを通り抜け、未来を変える力をください」と。

そして、足元から風が湧きあがって来るのを感じ、マヤは眼をあけた。ふわりと身体が空中に持ちあげられ、目の前の塔に刻まれた図形を、一つひとつの指でさわり、瞳の奥にダウンロードする。そして、ハートの中心にまで落とし込み、光へと変えてゆく。ついに、見覚えのある形にまでたどりつくとマヤは思わず悦びの声をあげた。塔に刻まれたアンクの形に、アヌビスからもらったアンクを重ねてみると、壁のなかに吸い込まれ、いつのまにかマヤは、真っ白い部屋にたたずんでいた。

「……見たまえ」Ｇの声が背後から聞こえた。

促（うなが）されるまま大きな窓から外を覗いてみると、ヘナヘナと足の力が抜けてゆく。いつのまにか、塔のはるかてっぺんに昇っていたようで、全身に風をうけながら地上を見おろしてみると、ところどころに点在する教会や家々はマッチ箱のように見えた。

そして、街並みを囲む緑の森と、遼遠には輝く海が拡がっている。目を凝らしたが、雲のうえのような高さからは、人影らしきものは見えない。塔の四方にはガラスの入っていない大きな窓があり、３６０度ぐるりと見渡すことができる。塔を中心に建物が放射状に拡がり、どこかで聞いたことのあるような鐘の音は、この塔から発せられていたのだ！

「さあ、よく観察するのだ。地上に拡がる家々は、すべて汝の記憶だ。

見たまえ、どんなに小さな屋根のしたにも、それぞれの人生があるのだよ。高みに昇ることによって、すべてを見渡すことができる。この風景は汝の記憶であり、汝が愛したものたちの記憶がここにある。しかし、これは過去の姿だけではない、未来の記憶も息づいている。この塔に立って、すべての記憶を一つに束ねた時、惑星地球での滞在は終わり、もう二度と地球には戻って来ることはないだろう。われわれが地球に戻って来ることは、めったにないのだから……」

「この惑星から完全に去ることを決めた時、汝はこの塔のうえに立って、すべての記憶を透明な光に変えるのだ。色とりどりの記憶をすべて掌握することによって、その記憶は透明な光になり、宇宙へと帰還してゆく。

今回の人生で、地球の滞在は最後だと決めてきた人が多いことは、わざわざ言うまでもない周知の事実だろう。ほとんどの人が、故郷への帰還を果たすのだ。ここで、正しい地球の去り方の幾何学的なパターンを築くことによって、汝の一歩が、その道を築く小さな一歩となる。そして、多くの人は死の淵で我を失うことなく、次の世界へと迷わずに移行できることだろう。幼い獅子よ、もし、地上に太陽の国をもたらしたいというのなら、まずは自分自身が宇宙的な進化を遂げ、他の時空でそのパターンを築くことだ。いずれそのパターンは、3次元の世界の礎となるだろう。

これらの記憶を手放し、他の次元へと移行するかどうかは、自分次第だ。さあ、幼い獅子よ、意識を拡大するのだ」

地球を離れる日には、この塔のうえに昇るということは、マヤは以前から知っていたような気がした。鳥のような視点で世界を俯瞰すれば、過去と未来を見渡し、すべての記憶を掌握することができる。これこそが、すべてを知っている大いなる自己、別な言い方をすれば高次元の自己であるハイアーセルフの視点ではないだろうか。もしそうならば、地球最後の日だけではなく、いつでも、どこでも、肉体を持っているうちに、この塔に昇ることはできないのだろうか？　太陽の国では、誰もがハイアーセルフの視点を獲得して生きるのではないかと、マヤは想像してみた。

「G、わたしに、宇宙の真実を見せてちょうだい。この塔には、もっと上があるはず。それに、『人間的な青』があるというのなら、その向こう側には、『宇宙的な青』があるのではないの？」

「いかにも」

Gは杖の先を天に向けて、白銀の竜巻を起こした。あたりには閃光が走り、窓の外の世界が急速に変わってゆく。

「幼い獅子よ、ここから先は、汝の理解度によって見える世界が変わる。発する言葉が、宝物庫の扉を開ける鍵になるのだ。太陽とはいかなるものか。さあ答えたまえ」

「太陽は知恵であり、太陽は勇気。そして、太陽とは自らが輝きを放ち、闇に光をもたらすものです」

マヤは心の深いところから、真っすぐに言葉を発した。

「いかにも。一人ひとりが、自らの輝きを放つことが、恒星意識というものなのだ。塔の頂上に昇り、すべてを掌握した高次の自己の視点を獲得し、そして、心を透明にしなければ、太陽の国に入ることはできない。それには、魂の深淵から、偽りのない言葉を、真っすぐに解き放つことだ。心と言葉が乖離しているうちは、いくら頭脳を明晰にしても、恒星意識にはたどりつけないのだ。

しかし、その先には宇宙意識と呼ばれているものも存在する。幼い獅子よ、言葉の真実を見抜けないうちは、宇宙意識を問うことはできない」

Gは銀河全体に響き渡るような、鮮明な声を出していた。

星屑（ほしくず）のなかを通り抜ける超光速エレベーターに乗って、太陽を突き抜け、色とりどりの星の間を通り抜けると、渦を巻く銀河の中心にまで、白い光の道は伸びていた。

「汝は光の道を使って、すべての過去と未来を包括し、惑星地球を飛び出し、渦を巻く銀河の中心にまでその光を伸ばすことができる。身体上にある光の珠を一本に束ねて、光の道を作るように、やがて惑星地球は一つの光となるだろう。その光は恒星を通り抜け、星々の間を通過して、この銀河の中心太陽へとむかい、そして、銀河さえも超えてゆく。銀河の外から見なければ、われわれの銀河のことはわからないのだ。さあ、天の川のむこうから、われわれの銀河を見てみよう」

Ｇは回転扉をまわすように、空間をずらして、天の川の反対側へと、さっさと消えてしまった。あたりを見渡してみると、すべての色彩を束ねた透明な世界、すべての音を重ねた静寂の世界にマヤは独り取り残されていた。独り取り残される孤独感……この同じ感情に何度、苛まれたことか。

Ｇが入って行ったゲートが、漆黒（しっこく）の闇に吸い込まれ、だんだんとその輪郭（りんかく）が薄くなる。ゲートが消える前に、マヤは覚悟を決めて飛び込んだ。

銀河の外から見る天の川は、まるで鏡のようだった。マヤの意識は光の粒になって、鏡のような天の川のうえを滑るように流れてゆく。そう、これは比喩的な表現ではなく、正真正銘、本物の鏡だった。とても奇妙な話だが、天の川という鏡に魂の光が映り、星や星雲そして銀河を形成しているようにも見えた。

「さあ、鏡のなかから、鏡の外の世界を見てごらん」

「でも……、鏡を見たら、そこには自分が映っているでしょう。自分の姿を見ずに、鏡を通り抜けてゆくには、どうしたらいいの？」

「それには、角度と、光の強さを調整することだ。きみは憶えているだろうか？　別の銀河に入る時、ある一定の角度を保たなければ潜り抜けられないということを。われわれは、13度の角度を保ち天の川銀河にやって来た。厳密に言えば、魂にゆがみをかけずに、どの星にでも転生できるわけではないのだよ。よほどの理由がない限り、ある一定の角度内しか、あえて転生はしない。１３７分の１という数字が、脳裏に刻印されているのは、決して忘れてはいけない重要な角度をあらわしているからだ。魂の振動数によって、その角度が決まってくるため、われわれは、めったに惑星地球には戻ってこられないのだよ。

人それぞれ、歩みの速度が違うものだ。せわしなく駆けまわる人もいれば、大きな歩幅で颯爽（さっそう）と通り過ぎて行ってしまう人もいる。どの色が美しく、どの色が高波動というのではなく、それは単に、その人が持っている魂の振動数、いわば魂の色の違いなのだよ。わかるかね？」

銀河にちりばめられた星々を見ていると、どの星もすべて美しいとマヤは思った。魂の振動数の違い……魂の色の違い……は、色とりどりの輝きを放つ星と同じように、すべてのものが美しい。

「幼い獅子よ、よく聞きたまえ。汝の心の深淵には、光の湧き出す泉があり、その泉は過去から未来の記憶をたたえている。鏡のような水面（みなも）には、時を超え場所を超えて、宇宙で起きていることすべてが映る。その光が湧き出す泉のなかに、宇宙図書館が映っていると言っても過言ではないのだ。汝のハートのゼロポイントには、星々が輝く宇宙がある。これは詩的な表現ではなく、実にリアルなことなのだ。ハートは投影機の役目を果たし、内側のものを外側に映している。内と外を反転させているのだ。

宇宙はきみが考えているより、もっともっと深いのだよ。

思い込みの枠組みから、一歩外にでて、世界をよく見てごらん。

ミクロコスモスであるわれわれも、マクロコスモスのエッセンスをすべて持っている。

どんなに小さな雫にも、宇宙のすべてが映し出されているのだよ。

見たまえ。鏡の向こう側に見える光の湧き出す泉を。あれが、われわれの銀河の、真の姿だ」


マヤは言葉を失い、ため息にも似た感嘆の声をあげていた。


「……ごらん。ここから見える光景は、銀河の集合意識だ。宇宙とはわれわれの意識からできている。宇宙とは成長を続ける意識であり、継続される無限の意識でもある。だからこそ、一人ひとりの意識が重要であり、個々の意識を高めることが大切なのだよ。

そして、われわれの宇宙を超えた向こう側にも、別の宇宙が存在している。地球人類もいずれこの宇宙を超えてゆくことになるだろう……そのために今できることは、多次元の旅を続けながら、自らの意識を高めることだ」

そう言ってGが天空を指差すと、その指先が示すかなたには、宇宙の光が未来で輝く天頂の星のように煌（きらめ）いていた。Gの言葉は瞬（またた）く星々の物語のように、忘れかけていた深い部分に光を投げかけてくれる。時がたつのも忘れ去り、星々が紡ぐ悠久の物語にいつまでも浸っていたい。

宝石箱をひっくり返したような無数の星々は、互いに光で会話をしているかのようだった。それはまるで、星座を描くように、星と星の間は銀色の光の糸でつながっているように見えた。どの星も、たった一つで存在しているわけではなく、互いにバランスを取りながら共存している。それは、星や銀河だけではなく、生命というものに関しても同じなのだろう。天にあるものは地上にもあり、地上にあるものは、地中にもあるのだから。

星々の放つ光は、過去から未来へと連綿と続く縦糸と、人と人とのつながりあいをあらわす横糸、そして、魂の記憶が紡ぐ「奥ゆき」というものを思い起こさせてくれる。星々の姿を見ていると、それは平面に描かれたものではなく、多次元的に見えて来て、宇宙から切り離されたという想いは錯覚にすぎないということがわかった。

「幼い獅子よ、われわれの銀河は、分離のない一つの光に見えることだろう。一つひとつの星が、異なる光を放ちながらも、そこには多様性に満ちた一体感がある。そして、地球という惑星も銀河のなかに輝く一つの星だということを忘れないでくれたまえ。このゲートを通り抜けて、われわれは、天の川銀河にやってきた。そして、このゲートを再び通り抜けて、別の銀河へと旅立つのだ。きみは憶えているだろうか、この銀河のゲートを通り抜けた日のことを……」

スターゲート 88

【解説】

このかたちはインフィニティ（無限大）を交差させたものであり、四つ葉のクローバーにも似ている。宇宙のエネルギーが最も集中する幸運の護符として、先人達はこのかたちを利用していたのだろう。

自然界にはさまざまなサインが秘められているが、声なき声で語る図形的意味を理解する者に、宇宙はその秘密を開示している。

「……ねえ、G。このゲート、どこかで見たことがあるような気がするけれど……四つ葉のクローバーみたいだね」

「いかにも。このゲートは、数字の8を二つ組み合わせた、四つ葉のクローバーの形をしているのがわかるだろう。ミクロコスモスから、マクロコスモスに至るまで、この8の字の軌道を描いている。われわれの銀河の扉は、『スターゲート88』と呼ばれているのだ。

88という数字は、われわれの銀河の識別コードであり、88は故郷への帰還をあらわす角度でもある。きみとっては、太陽の国を示す数字ともいえるだろう。幼い獅子よ、この先、何度生まれ変わっても、88を心に深く刻んでおいてくれたまえ」

Gはどこからともなく、四つ葉のクローバーを取り出して、マヤに手渡した。

「……G。四つ葉のクローバーが、銀河のゲートと同じ形だということを、昔の人は知っていたの？　この図形を使って、他の銀河にもアクセスしていたのかな……？」

Gからもらった四つ葉のクローバーを、慈しむようにつつみ込み、マヤは小さな声でつぶやいた。

「憶えていた人もいたかもしれない、忘れてしまった人もいたかもしれない。

先人たちは、四つ葉のクローバーを幸運の護符として大切にしていたが、その真相は四つ葉のクローバーを持っていれば、宇宙の光が降りそそぎ、その周辺には幸運が訪れると、体験として知ったからだろう。この形は、きみのハートに輝いている八方向に伸びる光……時空を旅する者の紋章……と同じパワーを持っている。この形に、完全にフォーカスできれば、過去と未来を掌握し、地上に宇宙の光をもたらすことができるだろう」

「時空を旅する者の紋章？」マヤは瞳を輝かせた。

「いかにも。時空を旅する者の紋章の他にも、その魂の色や使命によって、さまざまな紋章が存在しているが、それぞれの紋章は、まず、その人の背後に輝き、次に額の位置に、その図形が刻まれる。そして、最終的には、ハートの真ん中で、その図形が燦然と輝くようになるのだ。ごらん。ハートの位置に降りて来てはじめて、自らその図形を見ることができるだろう」

自分のハートの真ん中にある光をマヤは複雑な気持ちで見おろしていた。なぜかというと、その紋章は、レムリアの彼の背後に輝いていた図形と、まったく同じ形をしていたからだ。

そして、「時空を旅する者の紋章」についてGに尋ねてみると、この八方向に伸びる光は8次元をあらわしているのだという。

「幼い獅子よ、よく聞きなさい。橋は一方向から渡るだけではなく、双方向の往来があって完成するものだ。人々の往来があってこそ、その橋は踏み固められ、やがて誰もが安心して渡れる橋になる。たとえば、エリア#6と7の間に橋を架ける際には、6から5そして、5からから7へ飛ぶ方法と、7から8そして、8からから6に飛ぶ双方向のベクトルがある」

5から7へ向かう方法だけではなく、8から6へ飛ぶ方法もあると聞き、今度はエリア#8からアプローチしてみたいとマヤは思うのだった。

「……幼い獅子よ、この宇宙のなかで、一番光に満ちている場所はどこかわかるかね？」

無数の星がちりばめられた、鏡のような天の川を指差しながら、唐突に、Gはこう尋ねた。

「それは、宇宙の中心かな……」

「幼い獅子よ、その答えは常に、今ここ、ハートの中心なのだ。この、『スターゲート88』は、今、ここに、完全にフォーカスすることの重要性を語っている。

未来のこうあるべき自分より、今の自分の方が輝いているということを、知っているだろうか？　こうあるべき、こうすべきことなど、この宇宙には存在しないのだよ。過ぎ去った過去や、遠い未来ではなく、今ここ、自らのハートの中心にあるゼロポイントに完全にフォーカスできれば、汝は時空を超えて、永遠の今を生きることになる。もし、輝く未来のビジョンを見たとしても、今の自分のほうが、もっと輝いているということを忘れないでくれたまえ」

Gは、四つ葉のクローバーに込められた、宇宙的なエピソードを話してくれた。なぜ、夏至（げし）の日に四つ葉のクローバーを摘（つ）むのかといえば、それは、地球の地軸と太陽の角度の関係を表しているらしい。春分や秋分、夏至や冬至（とうじ）の日には、一瞬、137分の1のゆがみが修正され、太陽の光が純粋なまま届けられるとGは言う。


「たとえば、地球上には、さまざまなエネルギーグリッドがあることは知っているだろう。地上の戦いの多くは、宇宙の視点から解釈すれば、このエネルギーグリッドの陣取り合戦のように見える。しかし、これらのグリッドは、いずれ一つにつながり、地球という星全体が、特別な聖地と同じ光を放つようになるだろう。しかし、地球という星全体が、聖地のような光を放つのが先か、地球という惑星を破壊し尽くすのが先か、そのゆくえを見守るということが、惑星地球が今、この宇宙において注目を集めている理由でもある。

チャクラと呼ばれている光の珠を一本につなげ、自らが光の道となって地上に立つ時、一人ひとりがグリッドとなり、天と地を結ぶ存在として、宇宙の光を地上にもたらすことができるようになるだろう。

朽ちることのない杖とは、目には見えない中心軸のことである。それは自分の身体に留まることなく、意識を拡大することによって、惑星地球の中心と宇宙の中心へと真っすぐ伸びていることがわかるだろう。この光はどんなことがあっても消えることはない。たとえどんなことが起きても身体の中心軸には、朽ちることのない一本の光があるということを忘れないでくれたまえ。

惑星地球と宇宙をつなぎ、自らの中心軸を確立するために、わざわざきみを銀河の向こう側まで連れてきたのだ」


「大切なのは、四つ葉のクローバーだけではない。流れる雲、石の音、螺旋を描く植物、渦を巻く貝殻、そして汝という存在さえも、すべてが普遍的な宇宙のリズムを奏でている。自然のなかに隠された、宇宙の法則をよく見極めてみたまえ。もし聴く耳を持てば、自然は多くのことを語ってくれるだろう。たとえ汝が銀河のゲートの形を忘れてしまったとしても、四つ葉のクローバーは、声なき声で永遠に語りかけている」

マヤはGからもらった四つ葉のクローバーを見つめているうちに、わかったことがあった。四つ葉のクローバーの緑色は、地球が織り成す愛の色だということが……。もしも、宇宙的な愛というものがあるとすれば、どんな色なのだろうか？　それは、宇宙のように深い藍色に違いないと、ささやく星々の音を聴きながらマヤは思を馳せていた。

「時に、宇宙的な愛というものは、冷たいものと感じるかもしれない。汝に好意を寄せてくれる存在も、悪意を抱いている存在にも、夜空に輝く星も、道端（みちばた）の石ころも、同じように愛するからだ。すべてのものに分け隔てなく降りそそぐ慈雨（じう）のように、宇宙の愛とは見返りも期待せずに、淡々と巡（めぐ）ってゆく普遍的な流れのことではないだろうか。銀河は流れる川のように、星々の雫（しずく）を集めながら、さまざまな姿に変わり、永遠の旅を続けている。それは、われわれも同じなのだ」

「幼い獅子よ、過去の自分にいつまでも執着することなく、心の深淵を見つめてみるのだよ。たとえば、過去世で愛した人と再会したとする。汝は彼になにを求め、彼のなかになにを見ているのか？

出会う人はすべて、自分自身を映し出す鏡であり、彼の瞳のなかには、きみが映っている。ある人に対して強い感情をいだけばいだくほど、その鏡は強烈な光をなげ返す。きみは、彼を通して自分自身の内側を見つめているのだ。しかし、恒星意識になるということは、人の鏡に頼ることなく、すべてを映し出す透明な鏡に、自分自身が、なることだ。過去の執着を切り離し、ハートの中心にとどまり、透明になればなるほど、自らのうちにすべての光を映し出すことができるようになるだろう」

「……それではG、最後まで残る執着とは、一体なあに？」

「惑星地球に生きるものにとって、生存欲の他に、最後まで残る執着とは、『知りたい』という欲求なのだ。汝の魂は知への渇望をいだき、３次元の物質世界にやってくる。厳密に言うと、知りたいという欲求がなくなった時点で、地上に転生するという戯れは終わるのだよ。

汝は、通常、１０８の疑問を持ってこの世に生まれてくるが、死ねば多くのことを知ることができる。しかし、死ぬまでもなく、生きているうちに、すべてを知りたくて、何度も何度も惑星地球に転生してくるのだ。生きているうちに『智の殿堂』と呼ばれている宇宙図書館にアクセスしていた者は、わたしの知る限りにおいては、地球人類の長い歴史のなかでも、６〜７人しかいなかったが、現在ではその入口までは誰でも簡単にアクセスできるようになっている。だが、汝が知っている宇宙図書館よりも、もっともっと先があるということを忘れないでほしい。

あえて言えば、きみの執着とは、個人的な過去からの記憶なのだろう。記憶にいつまでも執着しているきみにとって、一番大切な思い出とは、過去において語りあった未来のことではないのかな？　しかし、それは過ぎ去った過去の話であって、過去から見た未来とは『今』のことである。そして、未来とは、この手で創ってゆくものなのだよ」

誰かと語りあった「未来」とは、果してどんなものだったのだろうか……過去の記憶はぼんやりとしていて、はっきりしたことは思い出せなかったが、その時と同じ扉が、もうすぐ開かれようとしている予感がした。

「幼い獅子よ、さあ、スターゲートを通り抜け、再びわれわれの銀河に戻ろうではないか。残念ながら、きみはもとの場所に戻る方法を知らない。一人では、帰ることはできないのだ」

Gは杖の先から白金の光を放ち、弧を描いている。砂金のような物質が、キラキラと音をたてて舞い降りて、スターゲートのまわりを彩ってゆく。その光はメビウスの輪のように途中で反転をしながら、数字の8の字と、無限大の∞（インフィニティ）の形を描いている。その葉っぱの部分は、アヌビスからもらったアンクと似ていた。マヤは自分の持っているアンクをスターゲートにかざしていると、なんの根拠もないが、4つのアンクの力が集まった時、このゲートを通過できるような予感がしてくるのだった。

降りそそぐ白金の音を聴きながら、Gの後についてゲートに入ると、眼下には星々をいだきながら渦を巻く銀河が見えた。一つひとつの星が異なる光を放ちながらも、すべてがつながっているような一体感を味わいながら、星降るなかを一筋の流れ星のような軌道を描いてゆく。

ふと視線をおとすと、そこには漆黒の闇に浮かぶ瑠璃色の星が見えてきた。満面に命の水をたたえたその星は、薄絹をまとい大いなる宇宙の意識と共に舞う一粒の光……。瑠璃色の星に寄り添って生きる、生きとし生けるものの意識が、遠くの宇宙空間にまで光を放っているように見えた。

「……太陽が緑の炎をあげるとき、藍（あお）い石は語り出す、いにしえの未来を。蒼ざめた世界に緑の炎がかかるとき、われらは思い出す新たな過去を……という言葉の、藍（あお）い石とはなんだったのかな」

マヤはアンクのなかに地球を映し出して、独り言のようにつぶやいていた。

「自分の魂に刻んだ真言（マントラ）の意味を忘れてしまったのかね？

たとえ、意味がわからなくても、響きそのものに意味があり、その言葉は、忘れ去られた四つ葉のクローバーのようなものだ」

Ｇは遠い目をして話を続けた。

「汝が探し求めていた、『宇宙的な青』とは、結局、汝の足元にあったのかもしれない。

……宇宙空間に浮かぶ藍色の星を見た時、その美しさに心を惹かれ、われわれは惑星地球に降り立った。青い石は、銀河に咲く花であり、魂が咲かせる一輪の花なのだ。青い花は時空を旅する者にとって、その道を指し示してくれる灯火になる。青い花が発する光を目印にして、われわれは宇宙の旅を続けているのだ……」

宇宙空間から瑠璃色の星を見ながら、「藍（あお）い石」「緑の太陽」とはなにを意味するのか、生命とはなにか、人はなぜ生きるのか？　人はどこから来て、どこへゆくのか。そして、この宇宙空間のなかで人間とはどういう存在なのか。宇宙はわたしたちになにを望んでいるのか……宇宙と生命について、とりとめもなく考えをめぐらせていた。

「G……一つ大事な質問をしてもいい？

もし、地上に天上的な光をもたらすことが、わたしたちの夢だとして、この地球が進化した星になり、銀河の一員として迎えられる日がきたら、その時、わたしはどうするのかな？」

「それは、その時考えればいいことだ。汝はすでに答えを知っている。なにかをすべき、せねばならないという発想は、自らが創り出した、まぼろしなのだ。制限とは、自らが創ったまぼろし。制限を超える、限界を超えるということは、自らが創り出した、まぼろしに気づくことでもあるのだよ」

もし、地球が争いのない星になり、銀河の一員として正式に迎えられた暁には、自分はどうするのだろうかとマヤは考えていた。その時はきっと、次なる希望をたぐりよせ、別の地球へと向かうのだろう。この銀河にやって来た時のように……。

「……では、G。あなたはこの先、どうするの？」

「わたしは、あいにく銀河の配線工事が好きなんでね」

陽気に笑うGの瞳の奥には、孤高の光がゆらめいていた。本当は、Gは帰ることができないのではないかと思ったが、そんなマヤの疑問を察知したように、Gは真っすぐな声でこう答えるのだった。

「われわれと共に来た同志たちが、故郷に帰るその日まで、最後の一人を見届けるまでは、わたしはこの銀河に残ることに決めている」


遠くで鐘の音が聴こえている。

その音が段々と大きくなって全身に響き渡り、気がつくとマヤは、塔のてっぺんにある真っ白い部屋のなかにたたずんでいた。

「幼い獅子よ、眼下に拡がる記憶を忘却の光に変えて、今この瞬間に、地球から立ち去るかどうかは、自分の選択次第だ」Gの声が響き渡っていた。

眼下には、時空を超えて、一つひとつの人生が、今なお同時進行的に展開されていた。マヤは過去と未来を掌握し、ミクロとマクロ、個であり全体の、両方の視点を獲得していたが、光の粒になって、どの人生も体験することができた。

ふり返ってみれば、マヤは今まで、それなりに良いこともしたかもしれないが、相当ひどいこともしてきたようだ。しかし、ゼロポイント的に解釈すれば、光も闇も、善も悪も、すべてを含んだものが今の自分であって、ろくでもない過去ですら、いとおしく思えるのだった。

「……もし、わたしがここで、過去の記憶を忘却の光に変えたとしたら、眼下にひろがる未来の記憶はどうなってしまうの。未来のわたしだというG、あなたは、どうなるのです？」

「それは心配には及ばない。きみは死の淵をさまよった際に、空間ずらしをした経験が、すでにあるだろう。生まれる時も、死ぬ時も、そして目醒めの時も、自らの選択に委ねられているのだ。幼い獅子よ、外の世界に行きたいということは、安全で快適な生の世界に、ずっととどまっていたいということの、パラドックスでもあることを、忘れないでくれたまえ」

「それではG……、あなたはなぜ、死の淵をさまよっていた、幼い頃のわたしを助けてくれたの？」

「幼い獅子よ、わたしが助けたわけではない。きみが生きることを選択したのだ」

「では、なぜ、宇宙図書館に案内してくれたの？」

マヤは幼い頃、死の淵をさまよっている時にGに出合い、宇宙図書館の存在を知るのだが、宇宙図書館で学んだ記憶をすべて消去して、元の世界に戻ることを許されたのだった。たった一つだけ、ヒントとして、夢のなかで宇宙図書館にアクセスできるとGに教えられ、その日以来、夢を検索するようになり現在に至っている。

「それも、自分で選んだのだ。

きみは幼い日、一枚のモノクロ写真を見て、心が凍りつくような思いを味わった。死の淵をさまよっていたのは、その三ヶ月後のこと。その時のきみは生きることに絶望し、真底、地球から去りたがっていた。その叫びは宇宙にまで届いていたのだよ。きみの声は決して大きくはない。しかし遠くまで届いていることを忘れないでくれたまえ。迷子になって泣いている子獅子の声を耳にしたら、放っておくことはできないものだ」

「そして、死の淵でわたしと出会い、宇宙図書館の存在を知ったのだ。しかし、3次元の世界に戻れば、思いを分かち合う人もなく、幼年期のすぐ後に老境に入ってしまったようなものだ。きみにとって、少年期や青年期などなかったことだろう。しかし、それも悪いことばかりではない。なぜなら、きみの子ども心は、純粋なまま保たれているからだ。いうなれば、純粋な心を瞬間冷凍したようなものだろう。凍りついた記憶は、タイムカプセルの役割を果たすことを忘れないでくれたまえ。きみは、太陽が緑の炎をあげる時、凍りついた青い心が、再び目覚めるようにタイムカプセルをセットしたのだ。緑の太陽は傷ついた記憶を癒し、凍りついた子どもの心を抱きしめてくれるだろう。

それはきみだけではない。地球の民それぞれ一人ひとりが、銀河の中心の太陽とつながった時に放たれる、太陽の緑の炎をサインに、さまざまなプログラムを設定しているのだ。

幼い獅子よ、これから、たくさんの星の子どもたちが、惑星地球を目指してやってくる。純粋なまま保たれた子ども心を、スターチルドレンである未来の人のために使いたまえ。そして、時空を超えた多次元の旅は、未来を照らす光であることを忘れないでほしい」


これから、多くの星の子どもたち……スターチルドレン……がやって来ることを、マヤは以前から知っていた。なぜなら、惑星地球に転生する際に、後方から輝く光の一団がやって来る姿を、すでに目撃していたからだ。もしできるなら、後からやってくる人々のために、道端の小石を拾い、沿道に花々を飾りたいと、その時マヤは思ったものだった。

「……でも、銀河レベルの大人になる、ということはどういうことなの？」

マヤはＧのハートの中心にフォーカスして、決して答えを取り逃がさないように身構えている。

「銀河レベルの大人になるためには、汝自身の美学を持つことだ」

「美学を？」緊張の糸が切れたように、マヤは思わず感嘆の声をあげた。

「大人であることとは、利口になることではない。知恵と勇気、愛や真実と呼ばれているものを、ハートの中心に落とし込み、知性と感性の両者を束ねることだ。互いに切磋琢磨を繰り返しながら、右脳的なものと左脳的なものの双方を向上させることによって、その高みには美と調和が垣間見えてくるだろう」

Gの口から「美」という言葉が出てくるなんて、意表を突かれて返す言葉さえなかったが、二元性を統合してハートの中心にとどまるだけで終わりではなく、その先に美と調和があるということは、感覚的に理解できるような気がした。

マヤにとってGは、未来で輝く天頂の星のように見えた。頭脳は冷静に保ち、情に流されず、そして心にあたたかさを持ってこの宇宙に存在しているGのことは、決して忘れることはないだろう。この広大な宇宙空間のなかで、Gに出会えたことに、ただただ感謝の気持ちが込みあげてきたが、たとえ、二度とGに会えなくても、ハートの中心には、いつでもその記憶を呼び寄せることができる……。

いよいよ、Gとの別れが迫っていることを、マヤは予感していた。

「……G、お願いがあります。わたしは、今度は一人で、スターゲートに行ってみたい。今のわたしが行くことができる太陽の国に、今度は一人で行ってみたい」

マヤは瞳をキラキラと輝かせながら、凛とした声を発していた。

「エリア#6と7の間を修復することが、この旅の目的ではなかったのか？　幼い獅子よ、よく聞きたまえ。たとえ太陽の国にたどりついたとしても、相棒が持っている鍵を使わなくては、きみは元の世界に戻ることはできないのだ」

「それでもいいんです。わたしはもう決めました。なにものにも、とらわれることなく、わたしは好きな時に、好きなところへゆく」

自分の保護者的な存在であるGとの決別がなければ、太陽の国へは行かれないということを、マヤはずっと前から知っていたような気がした。

信じられないという表情が一瞬よぎったような気がしたが冷静沈着な声でGは語りはじめた。

「幼い獅子よ、よく考えてみたまえ。そう簡単に元の世界に帰って来られるならば、そこは本当に太陽の国と呼べるのだろうか？　実際のところ、光の世界に一歩でも足を踏み入れたら、元の世界に帰りたくなくなるだろう。相棒の持っている鍵とは、今のきみにとっては、必ずここに戻ってこようとする動機、きみの意図だ。引き合う二つの力は、この宇宙空間において、どんなものでも創造することができるということを忘れないでくれたまえ。

きみは分離を経験し、自分の半身を置いてゆくことによって、再びここに帰ってくることを決意する。光の世界を垣間見てしまえば、なにかを持ち帰ろうという意図でもない限り、わざわざこんな辺境の星には戻ってこようとは思わないだろう」

たとえ、どんなことをGに言われても、マヤの決意は揺るがないようだった。自分が今ここからいなくなっても、誰も困る人はいないし、いくらでも自分の代わりはいる。本当は、太陽の国に行く動機も意図も大義名分もなく、ただ、そこに行ってみたいという好奇心が残っているだけで、相棒の持っている鍵など、もう、どこにも存在しないということを、マヤは知っていた。

……誰も困る人はいない。

という発想は、誰かの役に立ちたいと期待しているからだ。と、Gなら言うだろう。Gが言うであろう言葉が、マヤには手に取るようにわかるようになっていた。今まで守ってくれていた保護者的な存在から離れ、自分が大いなる自己、ハイアーセルフの視線に近づくということは、こういう感覚なのかもしれない。

「……まあ、良い。なにごとも経験だ。魂に深く根ざしていれば、どの次元にも行くことができる。それには、汝は常に天と地をつなぎ、ハートの真ん中にいることだ。汝の心は羅針盤になって、正しい方向を指し示してくれるだろう。それと、あと、もう一つ……」

Gは冒険を探している子どものような顔をしていた。

「宇宙図書館の入口には知恵の紋章と勇気の紋章が刻まれているのは、知っているかね？だが、きみが知っている勇気の紋章は、プログラムが作動しないようになっている」

「え……それって本当？」

マヤは後ろにのけぞって、今にも倒れそうになっていた。

「いかにも。さあ、キプロスの過去世にて授けられた、勇気の紋章を描いてみたまえ」

Gに促されるまま、マヤは三角形を一つ描き、辺の真ん中に印をつけて、それぞれの印をつなぐように三本の線を引いた。大きな上向きの三角形が一つ、そのなかには小さな下向きの三角形を書き入れて勇気の紋章を描いた。

「きみの描いた勇気の紋章は、正しい形をしている。しかし、これでは知恵の領域内での、勇気にすぎないのだ。ようするに、この知恵を3次元の世界に具現化することができないでいる」

「肝心なものは、自分の足元にあるのだ。きみは風の力を借りて、水の旅、火の旅、空の旅、そして光を目指して旅を続けている。火、水、風、空、そして光。なにが足りないか考えてみたまえ。その答えは、すでにアヌビスが教えているだろう」

マヤはアンクを見つめてアヌビスの言葉を思い起こしていた。アンクとは、宇宙の基本的な要素を具現化したもので、左が火、右が水、輪の部分が光、その真ん中が風、そして交差する場所がゼロポイント。そして下が……。

「……わかった！　土だ。この旅路には、土がなかった」

「その通り。幼い獅子よ、よく聞きたまえ。これは、宇宙図書館の領域内での、勇気の紋章なのだ。たしかに、宇宙図書館内でなにかを検索する際は、この方向性でいいのだよ。そして、地上から天空を目指す時の勇気もこの方向で良い。しかしながら、地上に宇宙図書館の知識を降ろすには、どうしたらいいか考えてみたまえ。大切なのはその方向性なのだ」

方向性、方向性とつぶやきながら、マヤは「勇気の紋章」をグルグルとまわしていた。

「みたまえ。この紋章は天へと向かっている。外側の上向きの三角形と、内側の下向きの三角形の大きさが異なっていることに注目するのだ。３次元でその知識を実践するには、この紋章を大地へと向かわせなければ、このプログラムは作動しないのだ。ようするに人類はひっくり返っていることに気づいていない。勇気とは外に向けてではなく、自らの内側に向かって使うものなのだ。

研ぎ澄まされた知性と感性を束ね、ハートの中心にあるゼロポイントに意識をチューニングして、二元性を統合したその先にあるものを見つけたまえ。そしていつの日にか、その可能性を開花させ、銀河に咲く一輪の花になるだろう。幼い獅子よ、汝は光の道を歩んでいるということを忘れないように。

永遠に燃え盛る炎を心に灯し、自分の信じる道を行きたまえ」

Gの姿は光のなかへと消え去ってゆくが、時空を超えてGの言葉が、いつまでもいつまでも響き渡っていた。

「悦びのうちに、扉は開かれる。大いなる祝福があらんことを！」

太陽の国のゲート

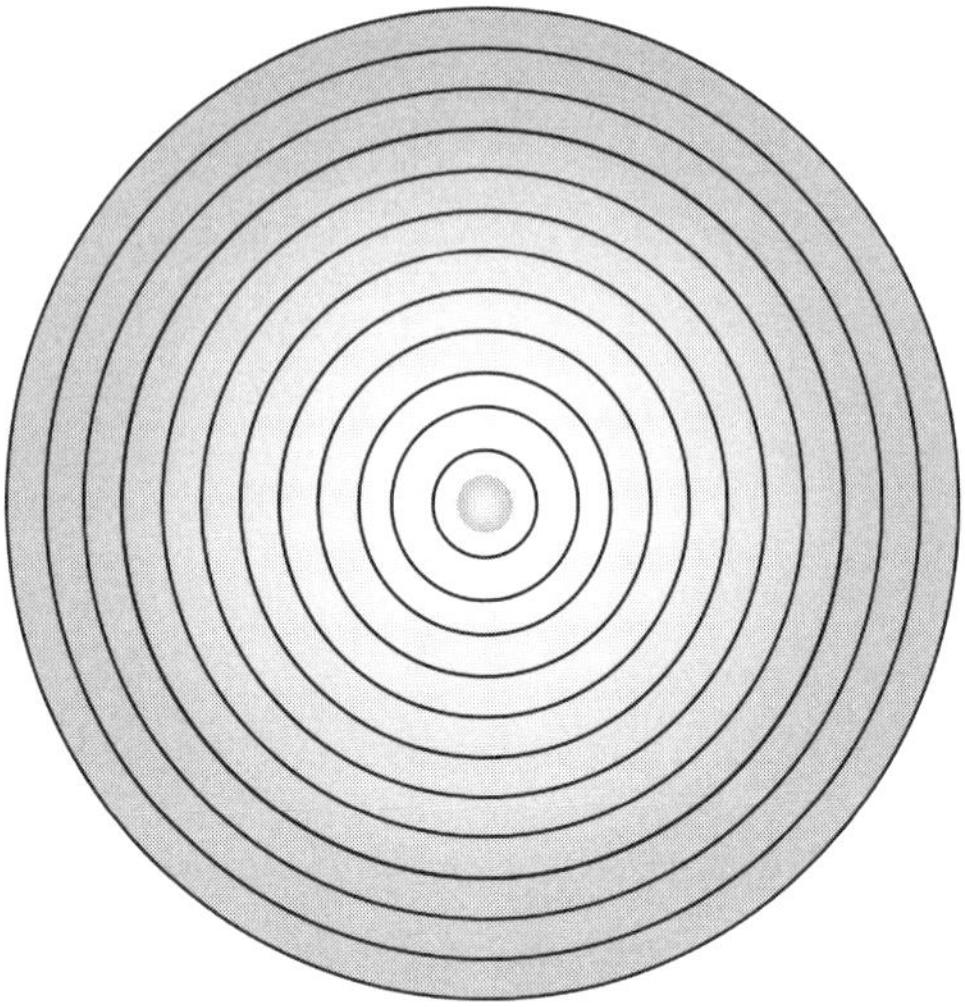

第6章　光と共に

瞳を閉じて、耳を澄まし、マヤは太陽の国のゲートを探していた。

アヌビスから教えてもらった《光の道のロードマップ》を脳裏に思い浮かべて、「必ずここに帰って来ます」と、ハートの中心で宣言をする。そして、一点の曇りもない鏡のように、心を透明にしてゆくのだった。

静まり返った水面をゆらしながら、かすかに水の音がする。なにかが溶け出して、水滴になって落ちているのだろうか。どこからともなく聴こえてくる澄んだ音を、一つひとつ聴きわけてゆくと、13番目の雫の音が、耳鳴のように高い周波数へと変わってゆく。あまりに甲高い音に、マヤは気を失ってしまった。

どれくらいの時が流れたのだろうか。瞳を開けると、あたりは乳白色の靄につつまれていた。あてもなく、さまよっていると、道端には小さな青い花が光を放ちながら、点々と咲いているのが見えてきた。その花は、かつてこの道を誰かが歩んだことを知らせ、そして、ここを訪れる未来の旅人に、行き先を照らし続けているかのように思えた。慈しむように青い花を見つめていると、心の深いところから、なんとも言えない安堵感が込みあげてくるのだった。
青い花が放つ光をたどりながら小道を歩いていると、たれこめた靄が徐々に晴れ渡ってゆく。

一面にひろがる緑の大地。
葉のうえには朝露が結び、
生まれたての生命のように、
見るものすべてが輝きを放っていた。
はるかかなたには、山の稜線が弧を描き、
裾野までゆるやかに伸びている。

流れる雲は微細な音を紡ぎながら、
どこからともなく清々しい風が吹き抜ける。
躍る色彩はハーモニーを奏で、軽やかな天空の調べと、
えも言われぬ香りが、そこはかとなく漂っていた。
木立を抜けてゆくと湖のほとりには、
雪のように白いペガサスが羽根を休めている。

息をひそめて、ペガサスの姿に見とれていたが、その風景はまさにマヤが子どもの頃に描いた鏡のような湖に映る木々の絵と、雲の形までそっくり同じものだった。

マヤの気配に気がついたのか、ペガサスが首をあげ、その深い瞳と目があった瞬間にすべてが静止した。その瞬間のなかに「永遠」というものを見たような気がした。

ふと、我に返ると、マヤは誰かに手を引かれて、全身に風を受け上空から世界を見おろしていた。この人は一体誰なのだろうか？ハッキリと姿を見ることはできなかったが、その横顔はレムリアの彼にも見えた。手の平から、あたたかいぬくもりを感じていると、すべてがつながっているという安心感につつまれ、もうなにも恐いものはないと思った。

眼下には自然と一体化した未来型のコロニーが拡がり、中央の円形のコロニーから放射状に四つのエリアにつながっている。緑に覆われた大地には、ぽつぽつと小さなコミュニティが点在し、芸術と科学が一体になったような世界が拡がっていたが、そこには分離や対立はなく、すべてのものが調和を保っているように見えた。人々は自らの輝きを放ちながら、朝一番の太陽のように輝いている。一人ひとりが輝きながらも、共存をはかれる社会では、人々は大地とふれあい、植物は驚くほどみずみずしく育っている。そして、行き交う人々は嬉々として、悦びに満ちあふれているように見えた。

ついに、太陽の国にやって来たのか……？

137分の1ずれたところにある、真実の世界を見ているのか……？

これは故郷の星の記憶なのだろうか……？

あるいは、レムリアの記憶か、時空を超えて未来の地球を垣間見ているのではないだろうか。

懐かしい故郷に帰って来たようなこの感覚……。決して分かつことのできない、あたたかな光が、マヤをつつみこんでいた。ずっと前から自分はここの住人だったような気がして、「元の世界には帰りたくない」と思った瞬間に、マヤは青い花が咲く小道へと舞い戻っていた。


あたりは再び靄がかかり、視界が狭まり、乳白色の世界が拡がってゆく。待っていてくれた懐かしい人と、つないだ手と手が遠ざかり、その青銀色の光を見ていると、名状しがたい感情がわきあがる。遠ざかる指先を見ながら、もう二度と、この手を放したくないと思ったが、地球に最初に降り立った日にも、つないでいたその懐かしい手は、かすかなぬくもりを残して、はるか未来へと消え去っていった。

時空を超えてただ出逢えたことに悦びを感じつつも、昇天と誕生の場面にあらわれる指先を、マヤは思い出さずにはいられなかった。そのかたわらにはいつも、青い花がゆれていた……と。

なにも見えず、なにも聞こえず、そこにはただ、静寂だけが漂っていた。音もなく、色もなく、香りも形も、時間もない。この静寂だけの世界が、目指していた光の世界なのだろうか？　光だけの世界は……退屈だ。

この退屈さに堪えられず、意識を二分した時、はじめて「自分」という存在ができたのかもしれない。なぜ、宇宙図書館のエリア＃6と7の間に溝ができたのか、その宇宙的な意図というものが今なら理解できるような気がした。それは、善悪を超えたところにある意識の、その一つの体験だったのではないかと……。

もし、宇宙の創造者がいたとしたら、惑星地球を創る際に、機械のように正確なものだけではなく、誰もが自由に創造に加われるように、その可能性の扉を開けておいてくれたのではないだろうか。そして、エリア＃6と7の間に溝が生まれて、分離や二極性を体験していることに対しても、感謝の気持ちが込みあげてくるのだった。

マヤは大きな深呼吸を三度繰り返してゆく。

ひと呼吸目は宇宙の光を感じながら……

ふた呼吸目は地球の光を感じながら……

そして三度目は、しっかりと自分の中心を感じながら……

ゆっくりゆっくりと息を吐いて、ハートの中心から歪みのない言葉を発してゆく。

「朽ちることのない杖」
この言葉と共に、足元から地球の光が、頭のてっぺんから宇宙の光が降りそそぎ、身体には一本の光の道が浮かびあがる。その光は地球の中心と宇宙の中心へと、真っすぐに伸びてゆくようだった。

「封印を解かれた7つの珠」
この言葉に呼び覚まされるように、身体の中心軸にできた光の道に沿って、7つの珠に灯(あか)りがともってゆく。よく見ると珠のなかには、黄金の光で描かれた図形が回転を続けている。

「すべてを映しだす透明な鏡」
この言葉を合図に、7つの珠の中央から、四方八方に光が発せられると、覆っていた雲が晴れ渡るように、心が透明になってゆく。

キラキラと微細な音をたてながら、指先から光がこぼれ落ちてくる。ふと、手の平を開けてみると、ひとひらの四つ葉のクローバーが、大切そうに握られていた。その中心から虹が放たれると、その光は龍の姿になって悠々と飛び去ってゆく。虹色の光は次元を溶かし、隔てるものはなにもなく、すべては分かつことのできない一つの光だと教えているかのようだった。

振り返ってみれば、火と水の旅……火と水の統合……とは、人が発する言葉のなかに、その奥儀があるのではないかとマヤは思った。それは、口先からこぼれる音ではなく、ハートの中心からあふれだす久遠の光であり、その言葉は、時空を超え輝き続けるのだろう。わたしたち一人ひとりは、自らの光を発しながら、この惑星の未来を彩ってゆく。

たとえば、頭から発する言葉は、右脳と左脳、善と悪、光と闇、強い弱い、勝ち負け、プラスとマイナスというような二極の答えを要求し、相手をコントロールしようとするだろう。しかし、ハートからあふれだす言葉は、すべてを包括しながら善悪を超えたところにあり、宇宙の意識と響きあう。これこそが、ゼロポイントの真相ではないか。

そして、太陽の国へ向かう旅は「中心」へと至る旅であり、宇宙の旅とは多次元の旅だった、とマヤはようやく気がついたのだった。それぞれ、たどる道は違うかもしれないが、みんなみんな多次元の旅をしている。選ぶ道は異なるかもしれないけれど、再びどこかでめぐり逢い、それぞれの旅を続けてゆくのだろう。

「……悲しみの果てにたどり着いたのは、未来への希望です」

たとえあなたが、わたしのことを忘れてしまったとしても……ハートの中心にあるゼロポイントにフォーカスすれば、もう二度と会えない人も、心のなかでは今でも変わらず生き続けているのだろう。どんな現実もハートの中心にあるゼロポイントに映し出すことができるのだ。そんな鮮明なビジョンを想い描いた瞬間に、時空を超えて、心の深いところから懐かしい声が湧きあがってきた。

「……なにかをはじめる時、明日からやろうとは僕は思わない。明日からではなくて、今この瞬間からはじめなければ、明日はいつまでたっても、明日のままだ。この手でつかもうとしなければ、未来はいつだって、未来のままなのさ。

……過去を忘れることを選択して、地球の意識と共に歩むことに決めたけれど、僕はいつもあなたと共に在る。だから自分を信じて……僕たちの多次元の旅はまだまだ続くのだから」

懐かしい声を聞いているうちに、スーと、ひとすじの涙が、なんの前触れもなく流れてゆく。理性とはまったく別のところからあふれ出す涙は、後からあとからとめどなく流れ、心の奥深くに凍りついていた最後のかけらが、溶け出してゆくかのようだった。この涙は自分の涙だけではなく、人類の集合意識に凍りついていた、流されることのなかった涙なのだとマヤは思った。

涙が呼び水になって、かつてレムリアと呼ばれていた頃の記憶が流れ込み、マヤは目覚めながら鮮明な夢を見ているような気がした。レムリアの頃、人々は大地を尊び、植物や他の動物たちと調和を保ちながら暮らしていた。しかし、今から約1万3000年前、人々は深い眠りのサイクルへと入っていった。宇宙には普遍的なサイクルがあり、分離と統合を繰り返しているが、惑星地球は今、分離から統合の方向へと向かっている。

……太陽が緑の炎をあげるとき、あおい石は語りだす　いにしえの未来を。
……あおざめた世界に緑の炎がかかるとき、われらは思い出す　新たな過去を。

マヤの口からは、ひとりでに言葉があふれ出してきた。滔々（とうとう）とわきだす言葉には、たくさんの人々の願いと、想いが重なってゆくようだった。

時空を超えて、多次元の世界に同時に存在しているような感覚になっても、決して分離感に苛まれることなく、二つの世界に橋を架けてみよう。

とかく移行期には、いろいろな変容が起きるだろう。イモムシがサナギになって、サナギが蝶になるように。しかし、どんなに世界が変わっても、ハートの中心にあるゼロポイントに踏みとどまることが、次の世界へと飛び立つための鍵になる。この扉は、光だけの世界を求めていても、決して見つけることはできない。

天と地をつなぎ、ハートの中心にあるゼロポイントにフォーカスするということは、大地を尊び、天を仰ぎ見ながら、今ここに生きるということであり、永遠の今とは、過去も未来も一つに束ね「すべてのものが、今ここに在る」と、実感することなのだろう。わたしたち一人ひとりが心に灯す光は、高みから降りそそぐ太陽のように、強い光ではないかもしれないが、その光は決して影を創らずに、まわりのものを照らし出すような、やわらかな光なのだ。

爽やかな風が通りぬけ、今まで一度も見たことがないくらいの大きな大きな虹が、青空いっぱいに弧を描いている。もはや、隔てるものはなにもなく、地球という惑星に、一本の虹がかかっているようにも見えた。

銀色の雨の雫と黄金の太陽の光が、つかのまの悦びのなかで出会い、空を彩りながら消えてゆく。たとえ目の前から消えてしまったとしても、その想いは永遠に、この宇宙に刻まれているのだろう……。

それはまるで、1万3000年前に分断された二つの心が、二極性を超えて、再び一つに溶けあってゆくようだった。忘れ去られた古代の叡智と、時空を超えた未来の記憶が、今という瞬間に出会う時、そこには過去も未来も区別がなく、時にさらされてもなお朽ちることのない、普遍的な光だけが燦然と輝きを放っている。

「アルデバラン。もう、レムリアの王はいないんだ。レムリアに王は必要ないんだ。これからの惑星地球は、わたしたち一人ひとりが天と地をつなぎ、自らの王として生きてゆく」

一人ひとりが、自らの輝きを放つ時、そこは太陽の国になるとしたら……たとえ、1パーセントでもその可能性があるのなら、輝く未来を目指してゆこう。どのような未来を築くかは、わたしたち一人ひとりの選択にかかっているのだから。

「氷の奥に閉じこもっていないで、もっと光が当たる所に出ておいでよ。エリア#6と7の間には緑があふれ、小鳥たちが歌を歌っている。泉からは滾々(こんこん)と水が湧きだし、魚たちも戻ってくるだろう。そして、朝一番の太陽のように、世界は輝いて見えるから」

……そこには、青い花も咲いているから。

エピローグ

「……アルデバラン今頃どうしてるかな？」

ふと思い出したようにマヤはつぶやくことがある。

その後、アルデバランは、「氷の図書館」を訪れた人と一緒に、人類の集合意識の底に眠る、凍りついた記憶を溶かしているという。きっと、誰かの夢に現れては、「このパズルがとけるかな？」と、エメラルドグリーンの瞳を輝かせているに違いない。

この旅路はマヤにだけ起きた特別なことではなく、自分の心の奥深くにある氷を溶かすことによって、誰もが人類の集合意識の底に眠っている同じパターンの凍りついた記憶を溶かせる可能性を示唆している。それは小さな一滴かもしれないが、その雫がたくさん集まれば、いつかきっと大きな流れになるだろう。なぜなら、すべての意識はつながっていて、一人ひとりの意識が流れ込み、人類の集合意識というものを形成しているのだから。

「こんなことで、エリア#6と7の間の溝が修復できるのかな？」

と、レムリアの王子なら言うかもしれない。

実際のところ、エリア＃6と7の間を修復するには、マヤ一人の力では到底無理な話であって、多くの人々が共に旅をしなければ、マヤの旅路は徒労に終わることだろう。7の領域は目には届かず、エリア＃6と7をつないだと実感することは難しいのだから。しかし、自らが輝きを放ち「太陽の国」をもたらすということは、目には見えない7の光を3次元に築くことでもあり、それには、8を知り8のエネルギーを使うことが重要になるだろう。

「7の扉は汝自身で開けよ」という言葉の通り、この扉は誰かが開けてくれるのをただ待っているのではなく、自らの意志で開け放つものなのだ。たとえ一人の一歩は、小さな一歩かもしれないが、光の道をたどる一人ひとりの歩みが、この道を揺るぎないものにするだろう。

近未来の話をすると、エリア＃6と7を足すと「13」になるように、エリア＃5と8を足しても「13」になることをマヤは発見するかもしれない。13へと至る道は、一つではない。（9＋13）＋1という数式が示す通り、13という数字は22を超えてゆく際の鍵を握っていて、宇宙図書館のエリア＃13は、容易にアクセスできない秘密の領域になっている。

3、5、8、13……の法則に気づいた時、「次は8に行こう」とマヤは言いだすかもしれない。そう、宇宙の創造の原理を解き明かす数式をまだ完全には解いてはいないのだから。

――時空を超えた多次元の旅は、まだまだ続いている。

改訂版について—解説にかえて

今井　博樹

初版の結末処理が不満で、しばらく品切れ状態（絶版）にしていたが、多数の読者からの再版の要望があり、著者が結末を書き直してくれるなら再版してもよいとした。著者に打診をしたところ、こころよく（しぶしぶ？）書き直しを了承いただだいた。

ただ、その書き直しも再三におよび、著者は精も根も尽き果てるくらいの書き直しになった。あるときには著者と発行者との格闘のようなときもあった。


その不満だった結末処理とは、マヤがひとり救世主になってしまったところだ。マヤがひとりで宇宙図書館にあるエリア＃6とエリア＃7の間にある次元間のミゾを救ってしまった。人はひとりで世の中を救えるものなのか。他の人はどうするのか。救世主を仰げばいいのか。何か違うような気がする。

書き直してもらった結果、誰か一人の救世主が世界を救うのではなく、人間一人ひとりの努力（ハートの中心にあるゼロポイントに踏みとどまり、自らの輝きを放つ）が次の世界をひらいてゆく、ということがより鮮明に描かれた。

その他、《光の道のロードマップ》も初版のときとは時代も変わり、最新版のロードマップにヴァージョンアップしている。新しい図形として、春の太陽、夏の太陽、秋の太陽、冬の太陽の図形も加えられている。

また、ところどころ、そぎ落とし作業や肉付け等があり、著者にとっても初版のものよりもより納得のいく作品に仕上がったそうだ。


では、少しだけ本の内容を解読してみたい。

宇宙図書館のエリア#6とエリア#7の間にはミゾがあるという。それが、人類が6から7へと進むことができない（つまり進化できない）原因になっているという。話はそれるが、この小説は小説の形をとってはいるが、著者の宇宙図書館（アカシック・レコード）での体験をもとに書かれている。実際の宇宙図書館でもエリア#6とエリア#7の間にミゾがあるのだそうだ。そのミゾをどうやって埋めてゆくのかが、この小説の基本的の流れである。そして現在の人類の課題でもあるようなのだ。

著者によると、1〜6までが「惑星意識」、7〜13までが「恒星意識」という。人類が次の進化にいたるためには、6を超えて行かないといけないという。そして6から7へ進むためにはギアチェンジをしないと進めない構造になっているという。

進む方法として著者は『空間ずらし』という技法を紹介している。それぞれの数字はチャクラにも対応し、第6チャクラから第7チャクラに進むためには、第7チャクラを一旦ずらす必要があるという。そこが通るとあとは簡単に第8チャクラから第13チャクラまでつながるらしい。そのずらした中心に「光の道」があるという。その中はゼロポイントになっている。その「光の道」についてのロードマップも紹介されている。

人間のチャクラと宇宙図書館のエリアとの関連性は、著者によると何か関連しているらしい。

そもそも「太陽の国」とは、「惑星意識」から「恒星意識」へと進化することの比喩的な表現だと著者は登場人物Gに語らせている。「太陽の国」に至るには、すなわち「惑星意識」から「恒星意識」へと進化するには、6と7をつなぐ必要があるようだ。そして、6と7のつなげ方を示すことがこの本のテーマなのだ。

宇宙図書館的な観点から見ると、エリア#6とエリア#7の間にある溝をつなげるには、水（6芒星）から火（5芒星）へと旅をし、光（7芒星）に至る必要があるという。6と7の間に架け橋を架けることによって、天（恒星意識）と地（惑星意識）を結ぶ「光の道」ができるという。

とはいいつつ、恒星意識（太陽の国）に到達する秘訣はただ一つ、ハートの中心にとどまることだという。太陽の国の入り口には鏡があり、魂（自己）を透明にすることによって入るのだという。そして自らの輝きを放つことが、恒星意識（太陽の国）であると著者はいう。

読者は、この本を読むことにより、6と7の間に架け橋を架けることができるだろうか。それができたとき読者は「惑星意識」から「恒星意識」へと進化し、自らを透明に輝かせることにより「太陽の国」へと入ることができるのだろう。

著者紹介…………………………………………………………………

辻　麻里子（つじ　まりこ）

1964年横浜生まれ。

幼少時の臨死体験を通して、アカシック・レコードを読むことができるようになった。また、環境NPOの活動にも積極的に関わっており、エコロジカルな生活を提唱していた。

著書に『22を超えてゆけ CD付』『宇宙の羅針盤』『宇宙時計』『藍(あお)の書』（ナチュラルスピリット）『数字のメソッド』『魂の夜明け』などがある。

『Go Beyond 22—The Adventure in the Cosmic Library』（『22を超えてゆけ』英語版）が刊行されている。

2017年宇宙に帰る。

6と7の架け橋

22を超えてゆけ・II　太陽の国へ Ver. 2

●

2006年2月22日　初版発行（『太陽の国へ』）
2023年4月30日　第6版発行（『6と7の架け橋』）

著者／辻　麻里子

発行者／今井博樹

発行所／株式会社ナチュラルスピリット
〒101-0051 東京都千代田区神田神保町3-2 高橋ビル2階
TEL 03-6450-5938　FAX 03-6450-5978
E-mail:info@naturalspirit.co.jp
ホームページ https://www.naturalspirit.co.jp

印刷所／モリモト印刷株式会社

ISBN978-4-903821-47-4　C0093
落丁・乱丁の場合はお取り替えいたします。
定価はカバーに表示してあります。